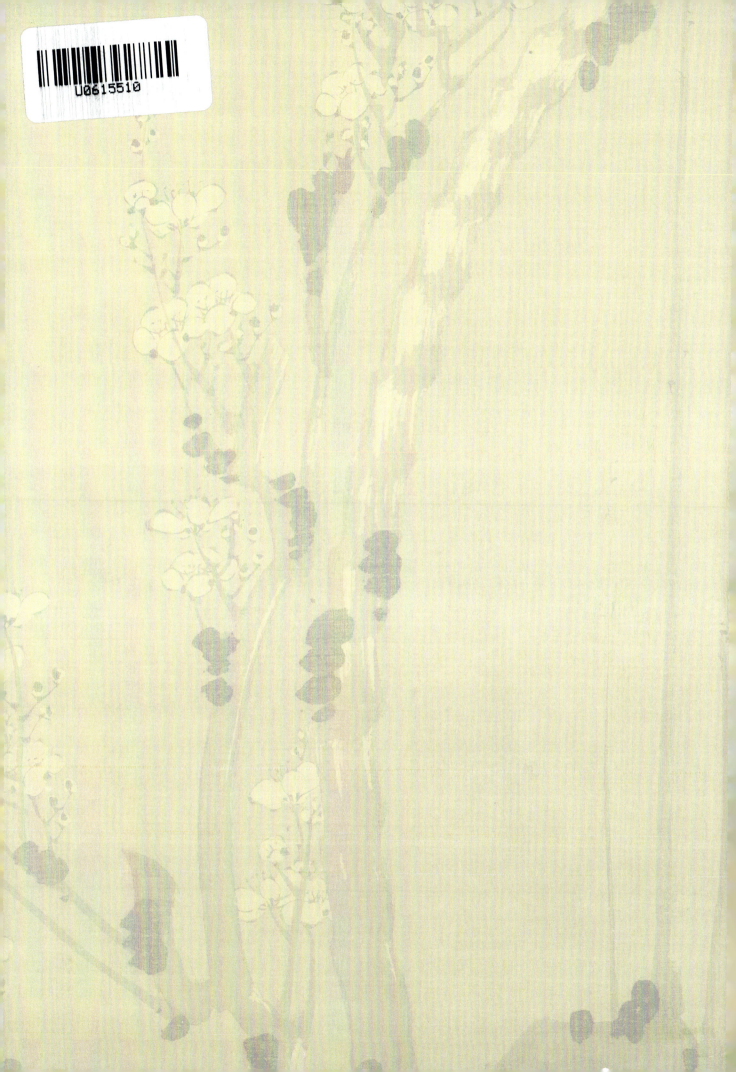

韋蘇州集

（唐）韋應物 著

YSP
北京燕山出版社

图书在版编目（CIP）数据

韦苏州集 / (唐) 韦应物著 . -- 北京 : 北京燕山出版社 , 2019.2
ISBN 978-7-5402-5333-2

Ⅰ . ①韦… Ⅱ . ①韦… Ⅲ . ①唐诗－诗集 Ⅳ . ① I222.742

中国版本图书馆 CIP 数据核字 (2019) 第 072453 号

韦苏州集

作　　者　(唐) 韦应物
责任编辑　刘朝霞
封面设计　吴宝祥
出版发行　北京燕山出版社有限公司
社　　址　北京市丰台区东铁营苇子坑路 138 号
邮　　编　100079
电话传真　86-10-63587071（总编室）
印　　刷　北京虎彩文化传播有限公司
开　　本　787*1092 1/16
字　　数　252 千字
印　　张　32
版　　别　2019 年 7 月第 1 版
印　　次　2019 年 7 月第 1 次印刷
ISBN　978-7-5402-5333-2
定　　价　900.00 元（全 1 册）

出版説明

現代漢語用『圖書』表示文獻的總稱，這一稱謂可以追溯到古史傳説時代的河圖、洛書。在從古到今的文化史中，圖象始終承擔著重要的文化功能。傳説時代的大禹『鑄鼎象物』，將物怪的形象鑄到鼎上，使『民知神奸』。在《周易》中也有『製器尚象』之説。一般而論，文化生活皆有其對應的物質層面的表現。在中國古代文獻研究活動中，學者也多注意器物、圖象的研究，如《詩》中的草木、鳥獸，《山海經》中的神靈物怪，禮儀中的禮器、行禮方位等，學者多畫爲圖象，與文字互相發明，成爲經學研究中的『圖説』類著述。又宋元以後，庶民文化興起，出版業高度發達，版刻印刷益發普及，在普通文獻中也逐漸出現了圖象資料，其中廣泛地涉及植物、動物、日常的物質生產程序與工具、平民教化等多個方面，其中流傳至今者，是我們瞭解古代文化的重要憑藉，通過這些圖文並茂的文本，讀者可以獲得對古代文化生動而直觀的感知。爲了方便讀者利用，我們將古代文獻中有關圖象、版畫、彩色套印本等文獻輯爲叢刊正式出版。

本編選目兼顧文獻學、古代美術、考古、社會史等多種興趣，範圍廣泛，版本選擇也兼顧古代東亞地區漢文化圈的範圍。圖象在古代社會生活中的一大作用涉及平民教化，即古人所謂的『圖象古昔，以當箴規』（語出何宴《景福殿賦》），明清以來，民間勸善之書，如《陰騭文》《閨範》等，皆有圖解，其中所宣揚的古代道德意識中的部分條目固然爲我們所不取，甚至是應該批判的對象，但其中多有精美的版畫，除了作爲古代美術史文獻以外，由此也可考見古代一般平民的倫理意識，實爲社會史研究的重要材料。

本編擬目涉及多種類型的文獻，兹輯爲叢刊，然亦以單種別行爲主，只有部分社會史性質的文本，因爲篇卷無多，若獨立成册則面臨裝幀等方面的困難，則取同類文本合爲一册。文獻卷首都新編了目録以便檢索，但爲了避免與書中内容大量重複，無謂地增加篇幅，有部分新編目録視原書目録爲簡略，原書目録中有部分條目與實際對應的正文略有出入，新編目録略微作了更訂。又有部分文本性質特殊，原書中本無卷次目録之類，則約舉其要，新擬條目，其擬議未必全然恰當。所有文獻皆影印，版式色澤，一存古韻。

目録（十卷 拾遺一卷）

韋蘇州集序

韋蘇州唐史不載其行事林寶姓纂云周逍遥公夐之後左僕射扶陽公待價生司門郎中令儀令儀生鑾鑾生應物應物生監察御史河東節度掌書記慶復李肇國史補云爲性高潔鮮食寡欲所居焚香掃地而坐其爲詩馳驟建安已還各得風韻詳其集中詩天寶時扈從遊幸疑爲三衛永泰中任洛陽丞京兆府功曹大曆

十四年自鄠縣令制除櫟陽令以疾辭歸善福精舍建中二年由前資除比部員外郎出爲滁州刺史改刺江州追赴闕改左司郎中貞元初又歷蘇州罷守寓居永定精舍其後事迹寃尋無所見肇又云開元以後位卑而著名者李北海王江寧李館陶鄭廣文元魯山蕭功曹張長史獨狐常州崔比部梁補闕韋蘇州以集中事及時人所稱考其仕宦本末得非遂止於蘇邪

案白居易蘇州荅劉禹錫詩云。敢有文章替左司。左司。蓋謂應物也。官稱亦止此。有集十卷。而綴叙猥并非舊次矣。今取諸本校定。仍所部居。去其雜厠。分十五總類。合五百七十一篇。題曰韋蘇州集。可以繕寫。嘉祐元年十二月二十二日太原王欽臣記。

韋蘇州集

古賦一首

冰賦

夏六月白日當午火雲四至金石灼爍玄泉潛沸雖深居廣厦珍簟輕箑而亦鬱鬱燠燠不能和平其氣陳王於是登別館散幽情招親友以高會尊仲宣爲客卿睹頒冰之適至喜煩暑之暫清王乃誇賓而歌曰含皎皎兮瓊玉姿氣凄

凄兮奪天時飲之瑩骨兮何所思可進於賓請客卿爲寡人美而賦之客諾曰美則美矣而大王不識其短夫謂之瓊玉竊名器也氣奪天時于陰陽也內熱飲之媒其疾也寵一物而三失德且出寒暑而至下薦宗廟而至高僕竊感之而戲欷安得不爲之而抽毫何積陰之勝純陽兮惟此玄冰居炎天之赫赫兮獨嚴厲乎稜稜其始也月玄冥日北陸天地閉水泉縮動靜一

變剛柔反覆壯以烈風積如羣玉由是依廣澶漫憑高崢嶸大寒御節萬動潛形浮彩浩浩仰吞素靈羣山早曙陰壑夜明古者祭之黑牡其藏以節祓之桃弧其出以絜今明明大魏禮物必備實大王罇俎之常品非小民造次之所致若尊卑異等須命有度碎似墜瓊方如截璐況粉壁雲矗象筵霜布座有麗人皎然俱素雖衆賓之同輝諒爲物之難固其竊名假質以謬一

時之賞也如此若乃對修竹臨方塘俾炎作寒今反我天常嗟絺綌之失御於三伏今亦紈扇委篋而內傷其嚴沍之威以干陰陽之候也如此若皎潔的皪與時消釋或沉珠於杯或化璞於液王將茸飲聊以自適豈知乎一寒一溫日夜相激久之以生疾今內外不和而怵惕其[illegible]意而媟疾也如此觀其力足以凄一室利庖廚俾甘肥脆敗醇醲不渝非可調湊理安營魄柰

何以誇客。陳王於是艴然而慙曰。寡人生於深宮。慒於服食。左右唯燕姬趙女。侈服美色。徵客卿之言。則何以雪余惑。方當命有司而撤冰。書盤盂以自式。

◎

韋蘇州集目録

卷第一

雜擬

擬古詩十二首　雜體五首

與友生野飲效陶體效何水部二首

效陶彭澤

燕集

會李四栖梧作　燕李録事一首

卷第二

寄贈上

紫閣東林居士叔緘賜松英丸捧對忻喜詩代啟

秋集罷還途中

閑居贈友

登覽悲舊

善福閣對雨

寺居獨夜

九日澧上作

寄西郊養疾暢校書

澧上寄幼遐

善福精舍示諸生

晚出澧上

寓居澧上精舍

卷第三

寄贈下

覽褒子臥病題示一首

寄璨師　寄盧涉

塗中寄楊邈　寄璨律師

雪行寄褒子　寄裴處士

示釋子恒璨　示全真元常

寄劉尊師　寄盧山椶衣居士

與從姪成緒遊山水中道先寄示

寒食寄京師諸弟　歲日寄李端武等

卷第四

送別

送丘員外還山

重送丘二十二

送鄭端公弟

送房杭州

送陸侍御還越

聽江笛送陸侍御

送丘員外歸山居

送崔叔清遊越

送鄒儒立還京師

送豆盧策秀才

送王卿

送劉評事

送雷監赴闕庭

送秦系赴潤州

卷第五

◎

酬答

逢遇

卷第六
懷思

行旅

感歎

卷第七

登高望洛城作　同德寺閣集眺
上方舊遊　登樂遊廟作
登西南岡卜居　月夜翫花
臺上遲客　登樓
善福寺閣　樓中月夜
寒食後北樓作　西樓
夜望　晩登郡閣
登重玄寺閣

遊覽

曇智禪院

起度律師同居東齋院

遊瑯琊山寺　同越瑯琊山

詣西山深師　尋簡寂觀瀑布

簡寂西澗瀑布下作

遊南齋　南園

西亭　夏景園廬

夏至避暑北池　題西林精舍書齋

卷第八
雜興

詠聲
任洛陽丞請告
縣齋
晚出府舍
休暇東齋
夜直省中
郡內閑居
燕居即事
幽居
野居書情
郊居言志
夏景端居
始至郡
郡中西齋
新理西齋
曉坐西齋

卷第九
歌行上

卷第十

歌行下

韋蘇州集目錄終

須東撟曰韋公古詩當獨步唐室以其得漢魏之質也其下者亦在晉宋之間

又曰五言古詩先學韋應物然後諸家可入

劉須溪曰古別離多矣此作更古者以其有清絶自然意如秋風曠野自難為懷

劉須溪曰柔腸欲無而有不可

韋蘇州集卷之一

雜擬

擬古詩十二首

其一

辭君遠行邁飲此長恨端已謂道里遠如何中險艱流水赴大壑孤雲還暮山無情尚有歸行子何獨難（劉云此來此背言之可傷）驅車背鄉園朔風卷（一作吹）行迹嚴冬霜斷肌日入不遑息憂歡（一作恨）容髮變寒暑人事易中心

犯之色吾奮評此詩云意深而語淺又曰結語沉痛傷懷而不為妖蕩怨曠之態如此而止

君詎知冰玉徒貞白（一作容）

其二

黃鳥何關關幽蘭亦靡靡此時深閨婦日照紗（劉云不必深切而辭情遠可誰不能道而點綴）
窗裏（挍案自無以加）娟娟雙青娥微微啟玉齒自惜桃李年誤
身遊俠子無事久離別不知今生死（紗一作綺）

其三

峩峩高山巔浼浼青川流世人不自悟馳謝如
驚飆百金非所重厚意良難得旨酒親與朋芳

劉須溪曰別是情麗超凡入聖可望而不可即者末極尋常以古調勝
又曰吾舊評此詩云淡而綺綺而不煩

年樂京國京城繁華地軒蓋凌晨出垂楊十二衢隱映金張室漢宮南北對飛觀齊白日游泳（一作洪治）屬（詠康時）芳時平生自云畢

其四

綺樓何氛氳朝日正杲杲四壁含清風丹霞射其牖玉顏上哀囀絕耳非世有但感離恨情不知誰家婦孤雲忽無色邊馬爲迴首曲絕碧天高餘聲散秋草徘徊帷中意獨夜不堪守思逐

劉須溪曰常言常語枯淡歎無

劉須溪曰月滿穐夜長但摘一語誰不知是蘇州之妙然得之

朔風翔一去千里道

其五

嘉樹藹初緑靡蕪吐幽芳君子不在賞寄之雲路長路長信難越惜此芳時歇孤鳥去不還緘情向天末

其六

月滿秋夜長驚鳥號北林天河横未落斗柄當西南寒蛩悲洞房好鳥無遺音商飈一夕至獨

全篇甚難非嘗徧閱不知此編具眼處化後來姑發此例
顧東橋云此詩絕勝選

宿懷重衾舊交日千里隔我浮與沉人生豈草木寒暑移此心

其七

酒星非所酌月桂不爲食虛薄空有名爲君長歎息蘭蕙雖可懷芳香與時息豈如凌霜葉歲暮藹顔色折桑將有贈延意千里客草木知賤微所貴寒不易

其八

鍾伯敬云看無爲尚勞躬之下即以美人奪南國一段接之若斷若不斷眞是古人氣脈知之者少

劉須溪曰單居兩語流動有態

神州高爽地遐瞰靡不通寒月野無綠寥寥天宇空陰陽不停馭貞脆各有終（鍾云至理）汾沮何鄙儉考槃何退窮反志解牽跼無爲尚勞躬美人奪南國一笑開芙蓉清鏡理容（一作雲）髮褰簾出深重艷曲呈皓齒舞羅不堪風慊慊情有待贈芳爲我容可嗟青樓月流影君帷中

其九

春至林木變洞房夕含清單居誰能裁好鳥對

非復昔吟所及末意耿耿情性適然不假外物而見

我鳴良人久燕趙新愛移平生別時雙鴛綺留此千恨情碧草生舊迹綠琴歇芳聲（一作顛）思將魂夢歡反側寐不成（一作擘衣迷處所又起望前庭）擘衣迷所次起望空前庭孤影中自惻不知雙涕零

其十

秋天無留景萬物藏光輝落葉隨風起（一作遶）愁人獨何依（一作明）華月屢圓缺君還浩無期如何雨絕（一作雲雨絕）天一去音（一作塵）問違

顧東橋云古意古語

劉須溪云不言不發情意甚真但覺纏情綺語皆不足道

桂天祥云入陶集中不可辯

其十一

有客天一方。寄我孤桐琴。迢迢萬里隔。託此傳幽音。冰霜中自結。龍鳳相與吟。絃以明直道（一作昭清直）。漆以固交深（一作形）。

其十二

自日淇上沒。空閨生遠愁。寸心不可限。淇水長悠悠。芳樹自妍芳。春禽自相求。徘徊東西廂。孤妾誰與儔。年華逐絲淚。一落俱不收（一作雖）。（自妍芳一作自交結）（一作正妍鬪）

劉須溪云其意正平而朴素可尚非無術麗靜且不慘

雜體

沉沉匣中鏡。爲此塵垢蝕。輝光何所如。月在雲中黑。南金既彫錯。鞶帶共輝飾。空存（一作有）鑒物名。坐使妍媸惑。美人竭肝膽。思照冰玉色。自非磨瑩工。日日空歎息。

古宅（一作守）集祆鳥。羣號枯樹枝。黃昏窺人室。鬼物相與期。居人不安寢。搏擊思此時。豈無鷹與鸇。飽肉不肯飛。既乖逐鳥節。空養凌雲姿。孤奉肉食

高棅云與用人之意也宛轉發越隱觸可恨

恩何異城上鴟。

春羅雙鴛鴦。出自寒夜女。心精煙霧色。指歷千萬緒。長安貴豪家（一作室）妖艷不可數。裁此百日功。唯將一朝舞。舞罷復裁新。豈思勞者苦。

同聲自相應。體質不必齊。誰知賈人鐸。能使大（一作育）樂諧。鏗鏘發宮徵。和樂變其哀。人神既昭享。鳳鳥（一作皇）亦下來。豈非至賤物。一奏升天階。物情苟有合。莫問玉與泥。

劉須溪云含章骵素默合自然

桂天祥云故鮮重相當只坐望還山雲是何等意興

碌碌荆山璞。卞和獻君門。荆璞非有求。和氏非有恩。所獻知國寶。至公不待言。是非吾欲默。此道今豈存。

與友生野飲效陶體　桂云體質渾朴著以芳艷字

攜酒花林下。前有千載墳。於時不共酌。奈此泉下人。始自翫芳物。行當念徂春。聊舒遠世蹤。坐望還山雲。且遂一歡笑。焉知賤與貧。

效何水部

劉須溪云物性兩語似達似悲甚好

又云蘇州詩去陶自近至效陶則復取王夷甫語用之故晉人無不有風致可愛也

玉宇含凊（一作秋）露香籠散輕煙應當結沉抱難從茲夕眠

夕漏起遥怨蟲響亂秋陰反覆相思字中有故人心

效陶彭澤

霜露悴百草時菊獨妍華物性有如此寒暑其柰何掇英泛濁醪日入會田家盡醉茅簷下一生豈在多

頓云只是眞得陶意故下此手

燕集

大梁亭會李四栖梧作

梁王昔愛才千古化不泯(平聲)至今蓬池上遠集八方賓車馬平明合城郭滿埃塵逢君一相許豈要平生親入仕三十載如何獨未伸英聲久籍籍臺閣多故人置酒發清彈相與(一作將)樂佳辰孤亭得長望白日下廣津富貴良可取(一作求)揭來西入秦秋風旦夕起安得客梁陳

燕李錄事

與君十五侍皇闈。曉拂爐煙上赤墀。花開漢苑經過處。雪下驪山沐浴時。近臣零落今猶（一作誰）在。仙駕飄颻不可期。此日相逢（一作逢君一作非）思舊日。一杯成喜亦（一作又）成悲。

淮上喜會梁川故人

江漢曾爲客。相逢每醉還。浮雲一別後。流水十年間。歡笑情如舊。蕭疏鬢已斑。何因北（一作不）歸去。淮

上對（一作看）秋山

揚州偶會前洛陽盧耿主簿（應物頃貳洛陽常有連騎之遊）

楚塞故人稀相逢本不期猶存袖裏字忽怪鬢中絲客舍盈樽酒江行滿篋詩更能連騎出還似洛橋時

賈常侍林亭燕集

高賢侍天階（一作陛）跡顯心獨幽朱軒騖關右池館在

東周。繚繞接都城。氤氳望嵩丘。羣公盡詞客。方駕永日遊。朝旦氣候佳。逍遥寫煩憂。綠林靄巳布。華沼澹不流。凌露摘幽草。涉煙翫輕舟。圓荷旣出水。廣廈可淹留。放神遺所拘。觥罰屢見酬。樂燕良未極。安知有沉浮。醉罷各云散。何當復相求。

月夜會徐十一草堂

空齋無一事。岸幘故人期。暫輟觀書夜。還題翫

月詩遠鐘高枕後清露卷簾時暗覺新秋近殘河欲曙遲

移疾會詩客元生與釋子法朗因貽諸祠曹

對此嘉樹林獨有戚戚顏抱瘵知曠職淹旬非樂閑釋子來問訊詩人亦扣關道同意暫遣客散疾徐還園徑自幽靜玄蟬噪其間高窗瞰遠郊暮色起秋山英曹幸休暇悵悵心所攀

一作遠

一作悵之

◎

慈恩伽藍清會

素友俱薄世屢招清景賞鳴鍾悟音聞宿昔心已往重門相洞達高宇亦遐（一作通）朗嵐嶺曉城分清陰夏條長（一作清條夏陰長）氤氛芳臺馥蕭散竹池廣平荷隨波泛之迴飈激林響蔬食遵道侶泊懷遺滯想何彼塵昏人區區在天壤

夜偶詩客操公作

塵襟一蕭灑清夜得禪公遠自鶴林寺了知人

世空。驚禽翻暗葉。流水注幽叢。多謝非玄度。聊
將詩興同。

與韓庫部會王祠曹宅作

閑（一作閉）門陰堤柳。秋渠含夕清。微風送荷氣。坐客散
塵纓。守默共無恡。抱冲俱寡營。良時頗高會。琴
酌共開情。

晦日處士叔園林燕集

遽看蓂葉盡。坐闕芳年賞。賴此林下期。清風滌

劉須溪云淺語流動稱情

煩想始萌動新照佳禽發幽響嵐嶺對高齋春流灌蔬壤罇酒遺形迹道言屢開獎幸蒙終夕懽聊用稅歸鞅

扈亭西陂燕賞

杲杲朝陽時悠悠清陂望嘉樹始氤氳春遊方浩蕩況逢文翰侶愛此孤舟漾綠野際遥波横雲分疊嶂公堂日爲倦幽襟自茲曠有酒今滿盈願君盡弘量

顧東橋云用字用意皆在唐人中

劉須溪云不獨閒靜氣槩又瀏可諷

西郊燕集

濟濟衆君子。高宴及時光。羣山靄遐矚。綠野布熙陽。列坐遵曲岸。披襟襲蘭芳。野庖薦嘉魚。激澗泛羽觴。衆鳥鳴茂林。綠草延高岡。盛時易徂謝。浩思坐飄颺。眷言同心友。茲遊安可忘。

春宵燕萬年吉少府中孚南館

始見斗柄廻。復茲霜月霽。河漢上縱橫。春城夜迢遞。賓筵接時彥。樂燕凌芳歲。稍愛清觴滿。仰歎高文麗。欲去返郊扉。端爲一歡滯。

滁州園池燕元氏親屬

日暮遊清池。疎林羅（一作籠）高天。餘綠飄霜露。夕氣變風煙。水門架危閣。竹亭列廣筵。一展私姻禮。屢歎芳罇前。感往在茲會。傷離屬頹年。明晨復云去。且願此留連。

郡樓春燕

衆樂雜軍鞞。高樓邀上客。思逐花光亂。賞餘山

顧東橋云天趣高逸

白樂天云最爲警策

楊用修曰詩話

景夕。爲郡訪彫瘵。守程難損益。聊假一杯歡。暫忘終日迫。

南塘泛舟會元六昆季

端居倦時燠。輕舟泛迴塘。微風飄襟散。横吹繞林長。雲澹水容夕。雨微荷氣凉。一寫悁勤意。寧用訴一作計華觴。

郡齋雨中與諸文士燕集

兵衛森畫戟。宴寢凝清香。海上風雨至。逍遥池稱此首四句為一代絶唱余讀其全篇每恨其結句吳中云云乃類張打油之語雖村敎猶亦不至是繆戾也後見宋人丽倖篇無後四句又顧况和篇亦止十六句乃知為吳中淺學所增以美其風土而不知釋迦佛下不可着糞也

閣凉煩痾近（一作匠）消散。嘉賓復滿堂。自慚居處崇。未覩斯民康。理會是非遣。性達形迹忘。鮮肥屬時禁。蔬果幸見嘗。俯飲一杯酒。仰聆金玉章。神歡體自輕。意欲凌風（一作雲）翔。吳中盛文史。羣彦今汪洋。方知大藩地（一作城）。豈曰財賦疆（一作彊）。

軍中冬〻燕

滄海已云晏。皇恩猶念勤。式燕徧恒秩。柔遠及斯人。茲邦實大藩。伐鼓軍樂陳。是時冬〻服。戎士氣益振（平聲）虎竹謬朝寄英賢降上賓旋罄周旋禮媿無海陸珍庭中丸劒闌堂上歌吹新光景不知晚觥酌豈言頻單醪昔所感大醵況同忻顧謂軍中士仰荅何由申

司空主簿琴席

煙華方散薄蕙氣猶含露澹景發清琴幽期默（一作元）玄悟留連白雪意斷續廻風度掩抑雖已終忡忡在幽素

與村老對飲

鬢眉雪色猶嗜酒。言辭淳朴古人風。鄉村年少生離亂。見話先朝如夢中。

韋蘇州集卷之一　終

劉須溪云真素羞疑亦今人所恨道

鍾伯敬云狀不和平說到世情逼人處亦自慷慨不覺

韋蘇州集卷之二

寄贈上

城中臥疾知閻薛二子屢從邑令飲因以贈之

車（一作良）馬日蕭蕭。胡不枉（一作在）我廬。方來從令飲。臥病獨（鍾云婉而麗）何如。秋風起漢（一作江）皐。開戶望平蕪。即此惱音素（一作稀）焉（一作表）。知中密疎濶。者不思火寒者不求水。人生羈寓（一作旅）時。去就當如此。猶希心異迹。（一作遂利心迹異）眷眷存終始。（譚友夏云心異迹三字妙交道暢然）

◎

譚友夏云水何嘗有云妙之鍾伯敬云胸中無須會如何吐得此語

聽嘉陵江水聲寄深上人

鑿崖泄奔湍稱古神禹跡夜喧山門店獨宿不安席水性自云靜（一作爲）石中本無聲如何兩相激雷轉空山驚貽之道門舊了此物我情

高陵書情寄三原盧少府

直方難爲進守此微賤班開卷不及顧沉埋案牘間兵凶久（一作丑）相踐徭賦豈得閑促戚下可哀寬政身致患日夕思自退出門望故山君心儻如

此攜手相與還。

假中對雨呈縣中僚友

郤足甘爲（一作堪）笑。閑居夢杜陵。殘鶯知夏淺。社（一作時）雨報年登。流麥非關忘。收書獨不能。自然憂曠職。緘此謝良朋。

贈蕭河南

厭劇辭京縣。褒賢待詔書。鄭侯方繼業。潘令且閑居。齊後三川冷。秋深（一作深）萬木疏。對琴無一事。新興復何如。

示從子河南尉班并序

永泰中余任洛陽丞。以撲抶軍騎。時從子河南尉班。亦以剛直爲政。俱見訟於居守。因詩示意。府縣好我者。豈曠斯文。

拙直余恒守。公方爾所存。同占朱鳥尅。俱起小人言。立政思懸棒。謀身類觸藩。不能林下去。祇戀府延恩。

鍾伯敬云清深近古

葛常之云韋應物聽嘉陵江聲云水性自云靜石中本無聲如何兩相激雷傳

趨府候曉呈兩縣僚友

趨府不遑安。中宵出戶看。滿天星尚在。近壁燭仍殘。（一作猶）立馬頻驚曙。垂簾却避寒。可憐同官者。應（一作始）悟下流難。

贈李儋

絲桐本異質。音響合（一作今）自然。吾觀造化意。二物相因緣。誤觸龍鳳嘯。靜聞寒夜泉。心神自安宅。煩慮頓可捐。何因知久要。絲白漆亦堅。

空山鳴與此絲桐四句意頗相類然應物未曉所謂非因非緣亦非自然者

贈盧嵩

百川注東海東海無虛盈泥滓不能濁澄波非益清恬然自安流日照萬里晴雲物不隱象三山共分明奈何疾風怒忽若基柱傾海水雖無心洪濤亦相驚怒號在倏忽誰識變化情

寄馮著

春雷起萌蟄土壤日已疎胡能遭盛明才俊伏里閭偃仰遂眞性所求唯斗儲披衣出茅屋盥

漱臨清渠。吾道亦自適。退身保玄虛。幸無職事牽。且覽按上書。親友各馳騖。誰當訪弊廬。思君在何夕。明月照廣除。

早春對雪寄前殿中元侍御

掃雪開幽徑。端居望故人。猶殘臘月酒。更值早梅春。幾日東城陌。何時曲水濱。聞閑且共賞。莫待繡衣新。

贈王侍御

心同野鶴與塵遠詩似冰壺見底清府縣同趨昨日事升沈不改故人情上陽秋晚蕭蕭雨洛水寒來夜夜聲自歎猶爲折腰吏（一作客）可憐驄馬路傍行

將往江淮寄李十九儋（余自西京至李又發河洛同道不遇）

鷰鷰東向來文鷁亦西飛如何不相見羽翼有高卑徘徊到河洛華屋未及窺秋風飄我行遠與淮海期迴首隔煙霧遥遥兩相思陽春自當

返。短翮欲追隨。

自鞏洛舟行入黃河即事寄府縣僚友

夾水蒼山路向東。東南山豁大河通。寒樹依微遠天外。夕陽明滅亂流中。孤村幾歲臨伊岸。一鴈初晴下朔風。爲報洛橋遊宦侶。扁舟不繫與心同。

寄盧庾

悠悠遠離別。分此歡會難。如何兩相近。反使心

鍾伯敬云悲厚

鍾伯敬云得此二字妙

不安亂髮思一櫛垢衣思一澣豈如望友生對酒起長歎時節異京洛孟冬天未寒廣陵多車馬日夕自遊盤獨我何耿耿非君誰爲歡

發廣陵留上家兄兼寄上長沙

將違安可懷宿戀復一方家貧無舊業薄宦各飄颻執板身有屬淹時心恐惶拜言不得留聲結淚滿裳漾漾動行舫亭亭遠相望離晨苦須臾獨往道路長蕭條風雨過得此海氣涼感秋

鍾伯敬云古甚

劉須溪云至濃至淡便是蘇州筆意

劉須溪云風波兩語足以極楊別之懷

意已違。況自結中腸。推道固當遣。及情豈所忘。
何時共還歸。舉翼鳴春陽。

初發楊子寄元大校書

劉云悟出此關古脫纏擾

悽悽去親愛。泛泛入烟霧。歸棹洛陽人。殘鍾廣陵樹。今朝此爲別。何處還相遇。世事波上舟。沿洄安得住。

淮上即事寄廣陵親故

前舟已眇眇。欲度誰相待。秋山起暮鍾。楚雨連

劉云好句

又云獨鳥下東南偶然景偶然語亦不可再得

滄海風波離思滿（作遠）宿昔容鬢改獨鳥下東南廣陵何處在　桂云用在字韻尤妙

寄洪州幕府盧二十一侍御　自南昌令拜頃同官洛陽

忽報南昌令乘驄入郡城同時趨府客此日望塵迎文苑臺中妙冰壺幕下清洛陽相去遠猶使故林榮

經少林精舍寄都邑親友

息駕依松嶺高閣一攀緣前瞻路已窮旣詣喜

更延出巘聽萬籟，入林濯幽泉。鳴鍾生道心，暮磬（一作鶴）空雲煙。獨往雖暫適，多累終見牽。方思結茅地，歸息期暮年。

同長源歸南徐寄子西子烈有道

東洛何蕭條，相思邈遐路。策駕復隨遊，入門無（一作出入亦無）與晤（晤）。還因送歸客，達此緘中素。屢暌心所歡，豈得顏如故。所歡不可暌，嚴霜晨淒淒。如彼萬里行，孤妾守空閨。臨觴一長嘆，素欲何時諧。

雪中聞李儋過門不訪聊以寄贈

度門能不訪。冒雪屢西東。已想人如玉。遥憐馬似驄。乍迷金谷路。稍變上陽宫。還比相思意。紛紛正滿空。

同德精舍養疾寄河南兵曹東廳掾

逍遥東城隅。雙樹寒葱蒨。廣庭流華月。高閣凝餘霰。杜門非養素。抱疾阻良讌。孰謂無他人。思君歲云變。官曹亮先忝。陳躅慙俊彦。豈知晨與夜相代不相見。緘書問所如（一作知）。訓藻當芬絢。

同德寺雨後寄元侍御李博士

川上風雨來。須臾滿城闕。岧嶤青蓮界（一作浮）。蕭條孤興發。前山遽已淨。陰靄夜來歇。喬木生夏涼。流雲吐華月。嚴城自有限。一水非難越。相望曙河（一作何）遠。高齋坐超忽。

同德閣期元侍御李博士不至各投贈二首

庭樹忽已暗故人那（一作何）不來祇應厭煩暑永日坐霜臺

官禁多所繫閑居亦愆期高閣猶相望青山欲暮時

使雲陽寄府曹

夙駕祗府命冒炎不遑息百里次雲陽閭閻問漂溺上天屢愆氣胡不均寸澤仰瞻喬樹巔見此洪流跡良苗免湮沒蔓草生宿昔頹墉滿故

墟。返喜將安宅。周旋涉塗潦。側峭緣溝脉。仁賢憂斯民。賤子甘所役。公堂衆君子。言笑思與覿。

過扶風精舍舊居簡朝宗巨川兄弟

佛刹出高樹。晨光閭井中。年深念陳跡。迨此獨忡忡。零落逢故老。寂寥悲草蟲。舊宇多改構。幽篁延本藂。栖止事如昨。芳時去已空。佳人亦携手。再往今不同。新文聊感舊。想子意無窮。

贈令狐士曹 自八月朔旦同使藍田滻留涉季事先半日而待故有戲

贈

秋簷（一作霜）滴滴對牀寢。山路迢迢聯騎行。到家俱及東籬菊。何事先歸半日程。

贈馮著

契闊仕兩京。念子亦飄蓬。方來屬追往。十載事不同。歲晏乃云至。微褐還未充。慘悽遊子情。風雪自關東。華觴發懽顏。嘉藻播清風。始此盈抱恨。曠然一夕中。善蘊豈輕售。懷才希國工。誰當

念素士零落歲華空

對雨寄韓庫部協

風至池館涼靄然和曉霧蕭條集新荷氛氳散高樹閑居興方淡默想心已屢暫出仍濕衣况君東城住

寄子西

夏景已難度懷賢思方續喬樹落疎陰微風散煩燠傷離枉芳札忻遂見心曲藍上舍已成田

家雨新足。託鄰素多欲（一作賴）殘秩猶見束。日夕上高齋。但望東原綠。

縣內閑居贈溫公

滿郭春風嵐已昏。雅栖散吏掩重門。雖居世網常清淨。夜對高僧無一言。

對雪贈徐秀才

靡靡寒欲收。靄靄陰還結。晨起望南端。千林散春雪。妍光屬瑶階。亂緒凌新節。無爲掩扉臥。獨守袁生轍。

西郊遊宴寄贈邑僚李巽

升陽曖春物。置酒臨芳席。高宴闕英僚。衆賓寡歡懌。是時尚多壘。板築興頹壁。羈旅念越疆。領徒方祇役。如何嘉會日。當子憂勤夕。西郊鬱巴茂。春嵐重如積。何當返徂雨。雜英紛可惜。

對雨贈李主簿高秀才

邐迤曙雲薄。散漫東風來。青山滿春野。微雨灑

輕埃吏局勞佳士賓筵得上才終朝狎文墨高
興共徘徊
休沐東還曹貴里示端
宦遊二十載田野久已疎休沐遂茲日一來還
故墟山明宿雨霽風暖百卉舒泓泓野泉潔熠
熠林光初竹木稍摧翳園場亦荒蕪俯驚鬢已
衰周覽昔所娛存沒惻私懷遷變傷里閭欲言
少留心中復畏簡書世道良自退榮名亦空虛

與子終携手。歲晏當來居。

朝請後還邑寄諸友生

宰邑分甸服。夙駕朝上京。是時當暮春。休沐集友生。抗志青雲表。俱踐高世名。尊酒具懽樂。文翰亦縱橫。良遊昔所希。累讌夜復明。晨露含瑶琴。夕風殞素英。一旦遵歸路。伏軾出京城。誰言再念別。忽若千里行。閑閣寡諠訟。端居結幽情。况茲晝方永。展轉何由平。

澧上西齋寄諸友 七月中善福之西齋作

絶岸臨西野。曠然塵事遥。清川下邐迤。茅棟上岧嶤。翫月愛佳夕。望山屬清朝。俯砌視歸翼。開襟納遠飈。等陶辭小秩。効朱方負樵。閑遊忽無累。心跡隨景超。明世重才彥。雨露降丹霄。羣公正雲集。獨予欣寂寥。

獨遊西齋寄崔主簿

同心忽已别。昨事方成昔。幽徑還獨尋。緑苔見

劉須溪先生蕭叙

今昔之感

行跡。秋齋正蕭散。煙水易昏夕。憂來結幾重。非君不可釋。

紫閣東林居士叔緘賜松英丸捧對忻喜盖非塵侶之所當服輒獻詩代啟

碧澗蒼松五粒稀。侵雲采去露沾衣。夜啟羣仙合靈藥。朝思俗侶寄將歸。道場齋戒今初服。人事葷羶已覺非。一望嵐峯拜還使。腰間銅印與心違。

鍾伯敬云自處〻人謙厚真率

鍾伯敬云古道

秋集罷還途中作謹獻壽春公黎公

東帶自衡門。奉命宰王畿。君侯枉高鑒。舉善掩瑕疵。斯民本已安。工拙兩無施。何以酬明德。歲晏不磷緇。時節乃來集。欣懷方載馳。平明大府開。一得拜光輝。溫如春風至。肅若嚴霜威。羣屬所載瞻。而忘倦與饑。公堂燕華筵。禮罷復言辭。將從平門道。憩車澧水湄。山川降嘉歲。草木蒙潤滋。孰云還本邑。懷戀獨遲遲。

譚云善於立言

閑居贈友

補吏多下遷。罷歸聊自度。園廬既蕪沒。煙景空澹泊。閑居養痾瘵。守素甘葵藿。顔鬢日衰耗。冠帶亦寥落。青苔已生路。綠筠始分籜。夕氣下遥陰。微風動疏薄。草玄良見誚。杜門無請託。非君好事者。誰（一作能）來顧寂寞。

四禪精舍登覽悲舊寄朝宗巨川兄弟

蕭散人事憂。迢遞古原行。春風日已暄。百草亦

復生躋閣謁金像攀雲造禪扃新景林際曙雜
花川上明徂歲方緬邈陳事尚縱橫溫泉有佳
氣馳道指京城携手思故日山河留恨情存者
邈難見去者已冥冥臨風一長慟誰畏行路驚

善福閣對雨寄李儋幼遐

飛閣凌太虛晨躋鬱崢嶸驚飈觸懸檻白雲冐
層甍太陰布其地密雨垂八紘仰觀固不測俯
視但冥冥感此窮秋氣沉鬱命友生及時策高

步羇旅遊帝京。聖朝無隱才。品物俱昭形。國士秉繩墨。何以表堅貞。寸心東北馳。思與一會并。我車夙巳駕。將逐晨風征。郊塗住成淹。默默阻中情。

寺居獨夜寄崔主簿

幽人寂不寐（一作興）。木葉紛紛落。寒雨暗深更。流螢度高閣。坐使青燈曉。還傷夏衣薄。寧知歲方晏。離居更蕭索。

九日灃上作寄崔主簿倬二季端繫

淒淒感時節。望望臨灃涘。翠嶺明華秋。高天澄遥滓。川寒流愈迅。霜交物初委。林葉索已空。晨禽迎颸起。暄菊乃盈泛。濁醪自爲美。良遊雖可娱。殷念在之子。人生不自省。營欲無終已。孰能同一酌。陶然冥斯理。

西郊養疾聞暢校書有新什見贈久佇不至先寄此詩

養病愜清夏郊園敷卉木窻夕（一作户）含澗涼雨餘愛筠綠披懷始高詠對琴轉幽獨仰子遊羣英吐詞如蘭馥還聞枉嘉藻停望延昏旭唯見草青青閉門澧水曲

澧上寄幼遐

寂寞到城闕惆悵返柴荆端居無所爲念子遠徂征夏晝人已息我懷獨未寧忽從東齋起兀兀尋澗行罥罣叢榛密披翫孤花明曠然西南

劉須溪云甚有雋致可誦

鍾伯敬云牧得悠然颯然

望一極山水情周覽同遊處逾恨阻音形壯圖非旦夕君子勤令名勿復久留讌蹉跎在北京

善福精舍示諸生

湛湛嘉樹陰清露夜景沉悄然羣物寂高閣似陰岑方以玄默處豈爲名跡侵法妙（一作泛如）不知歸獨此抱沖襟齋舍無餘物陶器與單衾諸生時列坐共愛風滿林

晚出灃上贈崔都水

劉須溪云寂寞
有沉着意

臨流一舒嘯望山意轉延隔林分落景餘霞明
遠川首起趨東作巳看耘夏田一從民里居歲
月再徂遷跡質得全性世名良自牽行欣攜手
歸聊復飲酒眠

寓居灃上精舍寄于張二舍人

萬木藂雲出香閣西連碧澗竹林園高齋獨宿
遠山曙微霞下庭寒雀喧道心淡泊對流水生
事蕭疎空掩門時憶故交那得見曉排閶闔奉

明恩。

開元觀懷舊寄李二韓二裴四兼呈崔郎中嚴家令

宿昔清都燕。分散各西東。車馬行跡在。霜雪竹林空。方軫故物念。誰復一樽同。聊披道書暇。還此聽松風。

春日郊居寄萬年吉少府中孚三原少府偉夏侯校書審

谷鳥時一囀田園春雨餘光風動林早高窻照日初獨飲澗中水吟詠老氏書城闕應多事誰憶此閒居

灃上醉題寄滌武

芳園知夕燕西郊已獨還誰言不同賞俱是醉花間

西郊期滌武不至書示

山高鳴過雨澗樹落殘花非關春不待當由期

劉須溪云鍾情

而語更達

自貽

灃上對月寄孔諫議

思懷在雲闕。泊素守中林。出處雖殊跡。明月兩知心。

將往滁城戀新竹簡崔都水示端

停車欲去繞藂竹。偏愛新筠十數竿。莫遣兒童觸瓊粉。留待幽人迴日看。

還闕首途寄精舍親友

休沐日云滿。冲然將罷官。嚴車候門側。晨起正（一作整）
朝冠。山澤含餘雨。川澗注驚湍。攬轡遵東路。廻
首一長歎。居人已不見。高閣在林端。

秋夜南宮寄灃上弟及諸生

暝色起煙閣。沉抱積離憂。況兹風雨夜。蕭條梧
葉秋。空宇感凉至。頹顏驚歲周。日夕遊闕下。山
水憶同遊。

塗中書情寄灃上兩弟因送二甥却還

華簪豈足戀。幽林徒自違。遥知别後意。寂寞掩郊扉。回首昆池上。更羡爾同歸。

雪夜下朝呈省中一絶

南望青山滿禁闈。曉陪鴛鷺正差池。共愛朝來何處雪。蓬萊宫裏折松枝。

贈孫徵時赴雲中

黄驄少年舞雙戟。目視傍人皆辟易。百戰曾誇隴上兒。一身復作雲中客。寒風動地氣蒼茫。横

笛先悲出塞長鼓石軍中傳夜火斧冰河畔汲
朝漿前鋒直指陰山外虜騎紛紛翦應碎匈奴
破盡看君歸金印酬功如斗大

冬夜宿司空野居因寄酬贈

南北與山鄰蓬庵庇一身繁霜疑有雪荒草似
無人遂性在耕稼所交唯賤貧何緣張掾傲每
重德璋親

寄荅祕書王丞

相看頭白來城闕。却憶漳溪舊往還。今體詩中偏出格。常參官裏每同班。街西借宅多臨水。馬上逢人亦說山。芸閣水曹雖至冷。與君常喜得身閑。

書懷寄顧八處士

自小難收疎懶性。人間萬事總無功。別從仙客求方法。曾到僧家問苦空。老大登朝如夢裏。貧窮作話是村中。未能即便休官去。慙愧南山採

藥翁

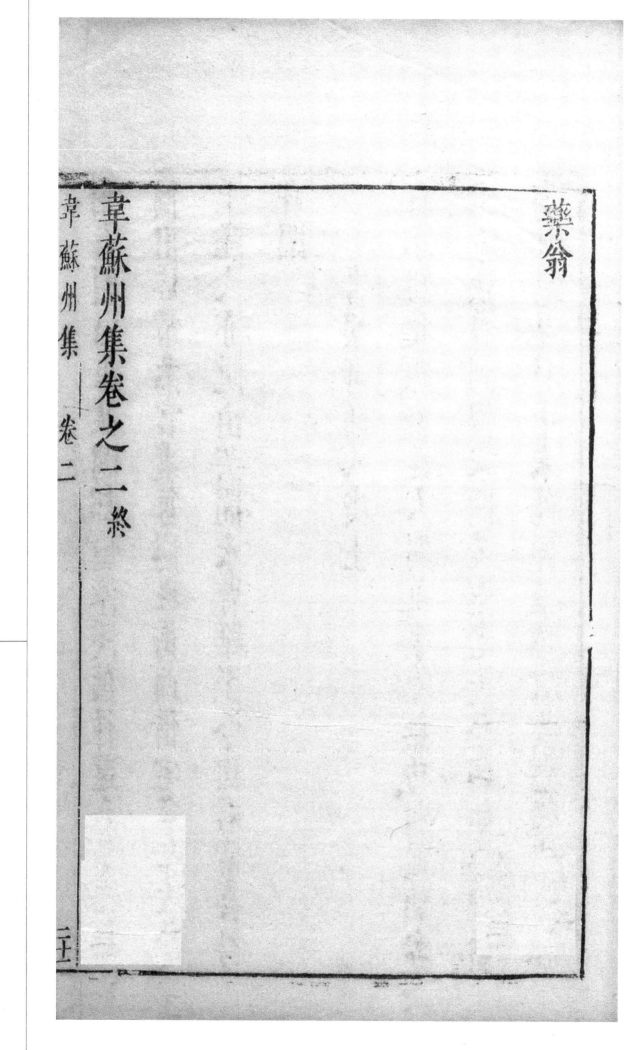

韋蘇州集卷之二終

鍾伯敬云齊物至理雖在十字說盡

韋蘇州集卷之三

寄贈下

寄郴州韓司戶郎中

達（一作遠）識與昧機智殊跡同靜於焉得携手屢賞清夜景蕭灑陪高詠從容羨華省一逐風波遷南登桂陽嶺舊里門空掩（一作新）歡遊事皆屏悵望城闕遥幽居時序永春風吹百卉和煦變閭井獨悶終日眠篇書不復省唯當望雨露霑子荒遐境

寄令狐侍郎

三山有瓊樹。霜雪色逾新。始自風塵交。中結綢
繆姻。西掖方掌誥。南宮復司春。夕燕華池月。朝
奉玉階塵。衆寶歸和氏。吹噓多俊人。羣公共然
諾。聲問邁時倫。孤鴻旣高舉。鷰雀在荆榛。翔集
且不同。豈不欲殷勤。一旦遷南郡。江湖渺無垠。
寵辱良未定。君子豈緇磷。寒暑已推斥。別離生
苦辛。非將會面目。書札何由申。

閑居寄端及重陽

山明野寺曙鍾微雪滿幽林人跡稀閑居寥落
生高興無事風塵獨不歸

園林宴起寄昭應韓明府盧主簿

田家已耕作井屋起晨煙園林鳴好鳥閑居猶
獨眠不覺朝已宴起來望青天四體一舒散情
性亦欣然還復茆簷下對酒思數賢束帶理官
府簡牘盈目前當念中林賞覽物遍山川上非

遇明世庶以道自全

寄大梁諸友

分竹守南譙弭節過梁池雄都泉君子出餞擁河湄燕讌始云洽方舟已解維一爲風水便但見山川驅昨日次睢陽今夕宿符離雲樹愴重疊煙波念還期相敦在勤事海内方勞師

新秋夜寄諸弟

兩地俱秋夕相望共星河高梧一葉下空齋歸（一作在）

恩多方用憂人瘼况自抱微痾無將別來近顏鬢已蹉跎。

郊園聞蟬寄諸弟

去歲郊園別聞蟬在蘭省今歲卧南譙蟬鳴歸路永夕響依山郭（一作餘聲）餘悲散秋景緘書報此時（一作遠景）此心方耿耿。

寄中書劉舍人

雲霄路竟別中年跡暫同比翼趨丹陛連騎下

南宮佳詠邀清月幽賞滯芳叢迨予一出守與子限西東晨露方愴愴離抱更忡忡忽睹九天詔秉綸歸國工玉座浮香氣秋禁散涼風應向横門度環珮杳玲瓏光輝恨未矚歸思坐難通蒼蒼松桂姿想在一垣中

郡齋感秋寄諸弟

首夏辭舊國窮秋卧滁城方如昨日別忽覺徂歲驚高閣收煙霧池水晚澄清戶牖已淒爽晨

夜感深情昔遊郎署間是月天氣晴（一作清）授衣還西郊曉露田中（一作野）行采菊投酒中昆弟自同傾簪組聊挂壁焉知有世榮一旦居遠郡山川間音形大道庶無累及茲念已盈

郡中對雨贈元錫兼簡楊淩

宿雨冒空山空城響秋葉沉沉暮色至淒淒凉氣入蕭條林表散的礫荷上集夜霧著衣重新苔侵履濕遇茲端憂日賴與嘉賓接

冬至夜寄京師諸弟兼懷崔都水

理郡無異（一作美）政所憂在素餐徒令去京國羈旅當歲寒子（一作亥）月生一氣陽景極南端已懷時節感更抱別離酸私燕席（一作夕）云罷還齋夜方闌遂慕沉空宇（一作月）孤燭照牀單應同茲夕念寧忘故歲歡川塗恍悠邈涕下一闌干

元日寄諸弟兼呈崔都水

一從守茲郡兩鬢生素髮新正加我年故歲去

超忽淮濱異時候了似仲秋月川谷風景温城池草木發高齋屬多暇怊悵臨芳物日月昧還期念君何時歇

寄職方劉郎中

相聞二十載不得展平生一夕（一作旦）南宮遇聊用寫中情端服光朝次羣列慕（一作器）英聲歸來坐粉闈揮筆乃縱橫始陪文翰遊歡燕難久并予因謬忝出君爲沉疾嬰別離寒暑過荏苒春草生故園

茲日隔新禽池上鳴郡中永無事歸思徒自盈

社日寄崔都水及諸弟羣屬

山郡多暇日社時放吏歸坐閣獨成悶行塘閱清輝春風動高柳芳園掩夕扉遥思里中會心緒悵微微

寒食日寄諸弟

禁火曖佳辰念離獨傷抱見此野田花心思杜陵道聯騎定（一作竟）何時予今顏巳老

三月三日寄諸弟兼懷崔都水

暮節看已謝。茲晨愈可惜。風澹意傷春。池寒花斂夕。一作逸 對酒始依依。懷人還的的。誰當曲水行。相思尋舊跡。

贈李儋侍御

風光山郡少。來看廣陵春。殘花猶待客。莫問意中人。

寄楊協律

吏散門閣掩鳥鳴山郡中遠念長江別俯覺座隅空舟泊南池雨簟卷北樓風併罷芳樽燕爲愴昨時同

郡齋贈王卿

無術謬稱簡素餐空自嗟秋齋雨成滯山藥寒始華濩落人皆笑幽獨歲逾賒唯君出塵意賞愛似山家 一作僧家

簡恒瑑

劉須溪云高視城邑真漠如此開合野興甚濃

室（一作臺）虛多涼氣（一作[illegible]）天高屬秋時空庭夜風雨草木曉離披簡書日云曠文墨誰復持聊因遇澄靜一與道人期

閑居寄諸弟

秋草生庭白露時故園諸弟益相思盡日高齋無一事芭蕉葉上獨題詩

登樓寄王卿

踏閣攀林恨不同楚雲滄海思無窮數家砧杵

正是絶意復增而聯卽情味不如外
楊用修曰絶妙字句雖對而意則一貫

秋山下一郡荆榛寒雨中

顧東橋云登樓愁思宛然下淚

寄暢當 聞以子弟被召從軍

寇賊起東山英俊方未閑聞君新應募籍籍動京關出身文翰場高步不可攀青袍未及解白羽插腰間昔爲瓊樹枝（一作凌）今有風霜顔秋郊細柳道走馬一夕還丈夫當爲國破敵如摧山何必事州府坐使鬢毛班

贈崔貟外

胡仔云士君子當以此切切存心彼一意供租歛事上未視民如仇者得無愧哉

王世貞曰身多疾病二語格調非巨而語意亦雅

一別十年事。相逢淮海濱。還思洛陽日。更話府中人。且對清觴滿。寧知白髮新。忽忽何處去。車馬冐風塵。

寄李儋元錫

去年花裏逢君別。今日花開已一年。世事茫茫難自料。春愁黯黯（一作忽忽）獨成眠。身多疾病思田里。邑有流亡愧俸錢。聞道欲求相問訊。西樓望月幾迴圓。

京師叛亂寄諸弟

弱冠遭世難。二紀猶未平。羇離官（一作守）遠郡。虎豹滿西京。上懷犬馬戀。下有骨肉情。歸去在何時。流淚忽霑纓。憂來上北樓。左右但軍營。函谷行人絕。淮南春草生。鳥鳴野田間。心憶故園（一作里）行。何時四海晏。甘與齊民耕。

贈琮公

山僧一相訪。吏案正盈前。出處似殊致。喧靜兩皆禪。一作依。暮春華池宴。清夜高齋眠。此道本無得。寧復有忘筌。

寄諸弟 建中四年十月三日京師兵亂自滁州間道遣使明年興元甲子歲五月九日使還作

歲暮兵戈亂京國。帛書間道訪存亡。還信忽從天上落。唯知彼此淚千行。

寄恆璨

心絕去來緣。跡一作蹤順一作斷人間事。獨尋秋草徑。夜宿寒

洪邁云此篇高妙超詣固不容誇說而結句非語言思索可得東坡依韻遠不及

劉須溪云其詩

山寺。今日郡齋閑。思問楞伽子。

簡郡中諸生

守郡臥秋閣。四面盡荒山。此時聽夜雨。孤燈照窗間。藥園日蕪漫。書帷長自閑。惟當上客至。論詩一解顏。

寄全椒山中道士 桂云全首無一字不佳語似沖泊而意興獨至此所謂良工心獨苦也

王云是唐選准繞

今朝郡齋冷。忽念山中客。澗底束（一作采）荊薪。歸來煮白石。欲持一瓢（一作杯）酒。遠慰（一作寄）風雨夕。落葉滿（一作遍）空山。何

有多此景意及
得意如此亦少

處尋行跡。

鍾云此等詩妙處在工拙之外

寄釋子良史酒

秋山僧冷病。聊寄三五杯。應寫山瓢裏。還寄此瓢來。

重寄

復寄滿瓢去。定見空瓢來。若不打瓢破。終當費酒材。

答釋子良史送酒瓢

此瓢今已到。山瓢知已空。且飲寒塘水。遥將回也同一作遥知回也風

簡陟巡建三甥盧氏生

忽羨後生連榻話。獨依寒竹一齋空。時流歡笑事從別。把酒吟詩待爾同。

覽裒子卧病一絕聊以題示沈氏生全貞

念子抱沉疾。霜露變滁城。獨此高窻下。自然無世情。

劉須溪云題寄盧涉如是此種風氣亦復可誦

寄璨師

林院生夜色，西廊上紗燈。時憶長松下，獨坐一山僧。

寄盧陟

柳葉遍寒塘，曉霜凝高閣。累日此留連，別來成寂寞。

途中寄楊邈裴緒示褒子 永陽縣館中作

上宰領淮右，下國屬星馳。霧野騰曉騎，霜竿裂

劉須溪云蘇州用意常在此等故精練特勝觸處自然
顧東橋云清語古調
又云後二句作應起前意

凍旗蕭蕭陟連岡莽莽望空陂風截鴈嘹唳雲黍樹參差高齋明月夜中庭松桂姿當睽一酌恨況此兩旬期

宿永陽寄璨律師

遥知郡齋夜凍雪封松竹時有山僧來懸燈獨自宿

雪行寄褒子

淅瀝覆寒騎飄飄暗川容行子郡城曉披雲看

杉松。

寄裴處士

春風駐遊騎。晩景淡山暉一問清泠子。獨掩荒園扉。草木雨來長。里閭人到稀。方從廣陵宴。花落未言歸。

偶入西齋院示釋子恒璨

僧齋地雖密。忘子跡要賒。一來非問訊。自是看山花。

示全眞元常趙元常氏生

余辭郡符去。爾爲外事牽。寧知風雪夜。復此對牀眠。始話南池飲。更詠西樓篇。無將一會易。歲月坐推遷。

寄劉尊師

世間荏苒縈此身。長望碧山到無因。白鶴徘徊看不去。遥知下有清都人。

寄廬山檪衣居士

兀兀山行無處歸山中猛虎識樱衣俗客欲尋應不遇雲溪道士見猶稀

因省風俗與從姪成緒遊山水中道先歸寄示

累宵同燕酌十舍携征騎始造雙林寂遐搜洞府秘羣峯繞盤鬱懸泉仰特（一作時）異陰壑霊松埋陽崖煙花媚每處觀省牽中乘遊踐志我向山水行子歸棲息地一操臨流袂上聳干雲轡獨往

倦危途懷冲寡幽致頼爾還都期方將登樓遲

寒食寄京師諸弟

雨中禁火空齋冷江上流鶯獨坐聽把酒看花想諸弟杜陵寒食草青青

歲日寄京師諸季端武等

獻歲抱深惻僑居念歸緣常患親愛離始覺世務牽少事河陽府晚守淮南壖平生幾會散巳及蹉跎年非日罷符竹家貧遂留連部曲多巳

去車馬不復全閑將酒爲偶默以道自詮聽松南巖寺見月西澗泉爲政無異術當責豈望遷終理（一作裝）來時裝歸鑿杜陵田

簡盧陟

可憐白雪曲未遇知音人悽惶戎旅下蹉跎淮海濱澗樹含朝雨山鳥哢餘春我有一瓢酒可以慰風塵

西澗卽事示盧陟

寢扉臨碧澗晨起澹忘情空林細雨至圓文遍水生永日無餘事山中伐木聲知子塵喧久暫可散煩纓

登郡寄京師諸季淮南子弟

始罷永陽守復卧潯陽樓懸檻飄寒雨危堞侵（作浸）江流迨茲聞鴈夜重憶別離秋徒有盈樽酒鎮此百端憂

寄黃尊師

結茅種杏在雲端。掃雪焚香宿石壇。靈祇不許世人到。忽作雷風登嶺難。

寄黄劉二尊師

廬山兩道士。各在一峯居。矯掌白雲表。晞髮陽和初。清夜降真侶。焚香滿空虛。（一作廬）中有無爲樂。自然與世踈。道尊不可屈。符守豈暇餘。高齋遥致敬。願示一編書。

秋夜寄丘二十二員外

顧東橋云此篇
後二句佳

懷君屬秋夜散步詠涼天山空松子落幽人應
未眠

贈丘員外

高詞棄浮靡貞行表鄉閭未具南宮拜聊優東
山居大藩本多事日與文章疎每一覩之子高
詠遂起于霄晝方連燕煩悛亦頓祛格言雅誨
闕善誰矜數餘久踽思遊曠窮慘遇陽舒虎丘
愜登眺吳門悵躊躇方此戀攜手豈云還舊墟

◎

告諸吳子弟文學爲何如
跡與孤雲遠心將野鶴俱那同石氏子每到府
門趨

贈李判官

良玉定爲寶長材時所希佐幕方巡郡奏命布
恩威食蔬程獨守飲冰節靡違决獄與邦頌高
文禀天機賓館在林表望山啟西扉下有千畝
田泱漭吳土肥始耕已見穫袗絺今授衣政拙

勞詳省淹留未得歸雖憩且忻願日夕覩光輝

寄皎然上人

吴興老釋子野雪蓋精廬詩名徒自振道心長晏如想茲棲禪夜見月東峯初鳴鐘（一作磬）驚巖壑焚香滿空虛叨慕端成舊未識豈爲疏願以碧雲思方君怨別餘茂苑文華地流水古僧居何當一遊詠倚閣吟躊躇

贈舊識

少年遊太學負氣蔑諸生蹉跎三十載今日海隅行。

復理西齋寄丘員外

前歲理西齋得與君子同追茲已一周悵望臨春風始自疎林竹還復長榛蘩端正良難久蕪穢易為功援斧開衆欝如師啟羣蒙庭宇還清曠煩抱亦舒通海隅雨雪霽春序風景融時物方如故懷賢思無窮。

和張舍人夜直中書寄吏部劉員外

西垣草詔罷南宫憶上才月臨蘭殿出凉自鳳池來松桂生丹禁鴛鷺集雲臺託身各有所相望徒徘徊

和李二二王簿寄淮上綦毋三

滿城憐傲吏終日賦新詩請報淮陰客春帆淚作期

寄二嚴士良婺州 士元郴州

絲竹久已懶。今日遇君忺。打破蜘蛛千道網。總

爲鶺鴒兩箇嚴。

韋蘇州集卷之三終

韋蘇州集卷之四

送別

李五席送李主簿歸西臺

請告嚴程盡西歸道路寒欲陪鷹隼集猶戀鶺鴒單洛邑人全少嵩高雪尚殘滿臺誰不故報我在微官

送崔押衙相州頃任內黃令

禮樂儒家子英豪燕趙風驅雞嘗理邑走馬却

劉須溪云甚有氣味

又云驕人語如此有味

從戎白刃千夫鬬黃金四海同嫖姚恩顧下諸將指揮中別路憐芳草歸心伴塞鴻鄴城新騎滿魏帝舊臺空望闕應懷戀遭時貴立功萬方如已靜何處欲輸忠

送宣城路録事

江上宣城郡孤舟遠到時雲林謝家宅山水敬亭祠綱紀多閑日觀遊得賦詩都門且盡醉此別數年期

劉須溪云豈非太白耶

黄樸云觀此詩非太白不能當然二字譌作四耶

桂天祥云氣相真朴如吳絲白紵服之便躰

劉須溪云此非太白不能當

顧東橋云此便與淵明荆軻篇相敵

送李十四山東遊一作山人東遊

聖朝有遺逸披膽謁至尊豈是貿榮寵誓將救元元權豪非所便書奏寢禁門高歌長安酒忠憤不可吞欻來客河洛日與靜者論濟世翻小事丹砂駐精魂東遊無復繫梁楚多大藩高論動侯伯疎懷脫塵喧送君都門野飲我林中尊立馬望東道白雲滿梁園踟躕欲何贈空是平生言

劉云書道人意高處

送李二歸楚州時李季弟牧楚州被訟赴急

情人南楚別。復詠在原詩。忽此嗟歧路。還令泣素絲。風波朝夕遠。音信往來遲。好去扁舟客。青雲何處期。

送閻宷赴東川辟

冰炭俱可懷。孰云熱與寒。何如結髮友。不得攜手懽。晨登嚴霜野。送子天一端。祇承簡書命。俯仰豸角冠。上陟白雲嶠。下冥玄壑湍。離羣自有

鍾伯敬云情至

託歷險得所安當念反窮巷登朝成慨嘆

送令狐岫宰恩陽

大雪天地閉羣山夜來晴居家猶苦寒子有千里行行行安得辭荷此蒲壁榮賢豪爭追攀飲餞出西京樽酒豈不歡暮春自有程離人起視日僕御促前征逶遲歲已窮當造巴子城和風被草木江水日夜清從來知善政離別慰友生

送馮著受李廣州署爲録事

欝欝楊栁枝，蕭蕭征馬悲。送君灞陵岸，糾郡南海湄。名在翰墨塲，羣公正追隨。如何從此去，千里萬里期。大海吞東南，横嶺隔地維。建邦臨日域，温燠御四時。百國共臻奏，珍奇獻京師。富豪虞興戎，繩墨不易持。州伯荷天寵，還當翊丹墀。（一作龍墀）子爲門下生，終始豈見遺。所願酌貪泉，心不爲磷緇。上將翫國士，下以報渴饑。

送元倉曹歸廣陵

劉須溪云他人我許造次挑通

官閑得去住告别戀音徽一作輝○劉云可悲舊國應無業他鄉到是歸楚山明月滿淮甸夜鐘微何處孤舟泊遥遥心曲違

送唐明府赴溧水 三任縣事

三為百里宰已過十餘年祇歎官如舊旋聞邑屢遷魚鹽濱海利薑蔗傍湖田到此安甿俗琴堂又晏然

喜於廣陵拜覲家兄奉送發還池州

青青連枝樹。苒苒久別離。客遊廣陵中。俱到若有期。俯仰叙存殁。哀腸發酸悲。收情且爲歡。累日不知饑。夙駕多所迫。復當還歸池。長安三千里。歲晏獨何爲。南出登閶門。驚飈左右吹。所別諒非遠。要令心不怡。

送張八元秀才擢第往上都應制

決勝文場戰已酣。行應辟命復才堪。旅食不辭遊闕下。春衣未換報江南。天邊宿鳥生歸思。關外晴山滿夕嵐。立馬欲從何處別。都門楊柳正毿毿。

送張侍御祕書江左覲省

莫歎都門路。歸無駟馬車。繡衣猶在篋。(一作蓮)芸閣已觀書。沃野收紅稻。長江釣白魚。晨餐亦可薦。(一作款)名利欲何如。

賦得鼎門送盧耿赴任

名因定鼎地。門對鑿龍山。水北樓臺近。城南車馬還。稍開芳野靜。欲掩暮鐘閑。去此無嗟屈。前賢尚抱關。

賦得浮雲起離色送鄭述誠

遊子欲言去。浮雲那得知。偏能見行色。自是獨傷離。晻靄帶城遲暗。秋生峯高奇。還因朔吹斷。疋馬與相隨。

餞雍聿之潞洲謁李中丞

鬱鬱兩相遇。出門草青青。酒酣拔劒舞。慷慨送

子行。驅馬涉大河。日暮懷洛京。前登太行路。志
士亦未平。薄遊五府都。高步振英聲。主人才且
賢。重士百金輕。絲竹促飛觴。夜醼達晨星。娛樂
易淹暮。諒在執高情。

上東門會送李幼舉南遊徐方

離絃既罷彈。罇酒亦已闌。聽我歌一曲。南徐在
雲端。雲端雖云邈。行路本非難。諸侯皆愛才。公
子遠結歡。濟濟都門宴。將去復盤桓。令姿何昂

昂。良馬遠遊冠。意氣且爲別。由來非所嘆。

送洛陽韓丞東遊

仙鳥何飄颻。綠衣翠爲襟。顧我差池羽。咬咬懷好音。徘徊洛陽中。遊戲清川潯。神交不在結歡愛。自中心。篤言忽徂征。雲路邈且深。朝遊尚同啄。夕息當異林。出餞宿東郊。列筵屬城陰。舉酒欲爲樂。憂懷方沉沉。

送鄭長源

劉須溪云疑十字自好
顧東橋云述情

少年一相見（一作渇）飛轡河洛間歡遊不知罷中路忽
言還泠泠鵾絃哀悄悄冬夜閑丈夫雖耿介遠
別多苦顔君行拜高堂速駕難久攀雞鳴儔侶
發朔雪滿河關須史在今夕罇酌且循環

送李儋

別離何從生乃在親愛中反念行路子拂衣自
西東日昃不留宴嚴車出崇墉行遊（一作假）非所樂端
憂道未通（一作端處道未豊）春野百卉發清川思無窮芳時坐離

顧東橋云詠物更無此篇

散世事誰可同歸當掩重關默默想音容

賦得暮雨送李胄一作渭

楚江微雨裏建業暮鍾時漠漠帆來重冥冥鳥去遲海門深不見浦樹遠含滋相送情無限沾襟比散絲

留別洛京親友

握手出都門駕言適京師豈不懷舊廬惆悵與子辭麗日坐高閣清觴醼華池昨遊倏已過後

劉須溪云此等亦味外味又云無一句不合路遶句尤極清潤作者可柳

遇良未知念結路方永歲陰野無暉單車我當前（一作去）暮雪子獨歸臨流一（一云漸遠）相望零淚忽沾衣

賦得沙際路送從叔象

獨樹沙邊人跡稀欲行愁遠暮鍾時野泉幾處侵應盡不遇山僧知問誰

送榆次林明府

無嗟千里遠亦是宰王畿策馬雨中去逢人關（須云至逢）外（墨雞）稀邑傳榆石在路遶晉山微別思方蕭索新

秋一葉飛。

雜言送黎六郎 壽陽公之子

冰壺見底未爲清。少年如玉有詩名。聞話嵩峯多野寺。不嫌黃綬向陽城。朱門嚴訓朝辭去。騎出東郊满飛絮。河南庭下拜府君。陽城歸路山氛氲。山氛氲。長不見。釣臺水渌荷已生。少姨廟寒花始徧。縣閑吏傲與塵隔。移竹疏泉常岸幘。莫言去作折腰官。豈似長安折腰客。

天長寺上方別子西有道時任京兆府功曹攝高陵宰別田曹盧庫戸曹韓質園而有作

假邑非拙素。況乃別伊人。聊登釋氏居。攜手戀一作念茲晨。高曠出塵表。逍遥滌心神。青山對芳苑。列樹遶一作盈通津。車馬無時絶。行子倦風塵。今當遵往路。佇立欲何申。唯持貞白志。以慰心所親。

送黎六郎赴陽翟少府

試吏向嵩陽。春山躑躅芳。腰垂新綬色。衣滿舊

劉須溪云自以爲幽致不覺可笑誰家門前無此

又云却自渾渾

芸香喬樹別時綠客程關外長秖應傳善政日夕慰高堂

送別覃孝廉

思親自當去不第未蹉跎家住青山下門前芳草多一作流水秭歸通遠徼巫峽注驚波州舉年年事還期復幾何

送開封盧少府

雄藩車馬地作尉有光輝滿席賓常侍闐街燭

鍾伯敬云此語久旅老人不知

譚友夏云無聊中寫出閒適

劉須溪云閑情婉約可愛

夜歸。關河征斾遠。煙樹夕陽微。到處無留滯。梁園花欲稀。

送槐廣落第歸揚州

下第常稱屈。少年心獨輕。拜親歸海畔。似舅得詩名。晚對青山別。遥尋芳草行。還期應不遠。寒露濕蕪城。

送汾城王主簿

少年初帶印。汾上又經過。芳草歸時徧。情人故

◎

又云極濃麗而不膩粉情理入微

顧東橋云韋公獨步

劉須溪云如此世態尚可

郡多禁鐘春雨細宮樹野煙和（劉云妙）相望東橋別微風起夕波。

送澠池崔主簿

邑帶洛陽道年年應此行當時匹馬客今日縣人迎暮雨投關郡春風別帝城東西殊不遠朝夕待佳聲。

送顏司議使蜀訪圖書

軺駕一封急（一作傳）蜀門千嶺曛。詎分江轉字。但見路

劉須溪云妙

顧東橋云作家老手

又云何限沉抱

綠雲山館夜聽雨秋後獨斗羣無爲久留滯聖主待遺文

奉送從兄宰晉陵

東郊暮草歇千里夏雲生立馬愁將夕看山獨送行依微吳苑樹迢遞晉陵城慰此斷行別邑人多頌聲

贈別河南李功曹（宏辭登科拜官）

耿耿抱私戚寥寥獨掩扉臨觴自不飲況與故

人違故人方琢磨瓌朗代所稀憲禮更右職文翰灑天機（一作揭）聿來自東山羣彥仰餘輝談笑取高第綰綬即言歸洛都遊燕地千里及芳扉今朝章臺別楊柳亦依依雲霞未改色山川猶夕暉忽復不相見心思亂霏霏

送五經趙隨登科授廣德尉

明經有清秩當在石渠中獨往宣城郡高齋謁謝公寒原正蕪漫（一作沒）夕鳥自西東秋日不堪別淒

顧東橋云如此詩亦近晉宋劉須溪云曲折情景甚至

淒多朔風。

宴別幼遐與君貺兄弟

乖闕（一作乖濶）意方弭（一作去）。安知忽來翔。累日重歡宴。一旦復離傷。置酒慰茲夕。秉燭坐華堂。契闊未及展。晨星出東方。征人慘已辭。車馬儼成裝（一作來）。我懷自無歡。原野滿春光（一作芳）。羣水含時澤。野雉鳴朝陽。平生有壯志。不覺淚霑裳。況自守空宇。日夕但彷徨。

送宣州周錄事

淸時重儒士糾郡屬伊人薄遊長安中始得一
交親英豪若雲集餞別塞城闉高駕臨長路日
夕起風塵方念淸宵宴巳度芳林春從茲一分
手緬邈吳與秦但覩年運駛安知後會因唯當
存令德可以解悁勤

謝櫟陽令歸西郊贈別諸友生

結髮仕（一作事）州縣蹉跎在文墨徒有排雲心何由生
羽翼奉遭明盛日萬物蒙生植獨此抱微痾頹

然謝斯職。大曆十四年六月二十三日自鄠縣制除櫟陽令以疾辭歸善福精舍七月二十日賦此詩世道方荏苒。郊園思偃息。爲歡日已延。君子情未極。馳（一作驅馳）觴忽云晏。高論良難測。遊步清郡宫。迎風嘉樹側。晨起西郊道。原野分黍稷。自樂陶唐人。服勤在微力。佇君列丹陛。出處兩爲得。

送端東行

世承清白遺。（一作世事留清白）躬服古人言。從官俱守道。歸來共閉門。驅車何處去。暮雪滿平原。

送姚孫還河中

上國旅遊罷。故園生事微。風塵滿路起。行人何處歸。留思芳樹飲。惜別暮春暉。幾日投關郡。河山對掩扉。

始除尚書郎別善福精舍（建中二年四月十九日自前櫟陽令除尚書比部員外郎）

簡畧非世器。委身同草木。逍遥精舍居。飲酒自爲足。累日曾一櫛。對書常懶讀。社臘會高年。山川恣遊矚。明世方選士。中朝懸美祿。除書忽到門。冠帶便拘束。愧忝郎署跡。謬蒙君子録。俯仰垂華纓。飄飄翔輕轂。行將親愛別。戀此西澗曲。遠峯明夕川。夏雨生衆綠。迅風飄野路。一作吹往路廻首不遑宿。明晨下煙閣。白雲在幽谷。

送常侍御却使西蕃

歸奏聖朝行萬里。却銜天詔報蕃臣。本是諸生守文墨。令將匹馬靜烟塵。旅宿關河逢暮雨。春耕亭鄣識遺民。此去多應收故地。寧辭沙塞往來頻。

送郗詹事

聖朝列羣彥。穆穆佐休明。君子獨知止。懸車守國程。忠良信舊德。文學播英聲。旣獲天爵美。况將齒位并。書奏蒙省察。命駕乃東征。皇恩賜印綬。歸爲田里榮。朝野同稱嘆。園綺轡齊名。長衢軒蓋集。飲餞出西京。時屬春陽節。草木已含英。
洛川當盛宴。斯焉爲達生。

送蘇評事

季弟仕譙都。元兄坐蘭省。言訪始忻忻。念離當
耿耿。嵳峩夏雲起。迢遰山川永。登高望去塵。紛
思終難整。一作罄

送李侍御益赴幽州幕

二十揮篇翰。三十窮典墳。辟書五府至。名爲四

海聞。始從車騎幕。今赴嫖姚軍。契闊晚相遇。草感遽離羣。悠悠行子遠。眇眇川塗分。登高望燕代。日夕生夏雲。司徒擁精甲。誓將除國氛。儒生幸持斧。可以佐功勳。無言羽書急。坐闕相思文。

自尚書郎出爲滁州刺史留别朋友兼示諸弟

少年不遠仕。秉笏東西京。中歲守淮郡。奉命乃征行。素懸省閤姿。況忝符竹榮。效愚方此始。顧私豈獲幷。徘徊親交戀。愴悵昆友情。日暮風雪

起我去子還城登塗建隼旟勤駕望承明雲臺
煥中天龍闕欝上征晨興奉早朝玉露霑華纓
一朝從此去服膺理庶甿皇恩儻歳月歸復厠
羣英

送元錫楊凌

荒林翳山郭積水成秋晦端居意自違況別親
與愛歡筵慊未足離燈悄已對還當掩郡閣佇
君方此會

送楊氏女

永日方慼慼。出門復悠悠。女子今有行。大江泝輕舟。爾輩况無恃。撫念益慈柔。幼爲長所育。幼女爲楊氏所撫育兩別泣不休。對此結中腸。義往難復留。自小闕內訓。事姑貽我憂。賴茲託令門。仁恤庶無尤。貧儉誠所尚。資從豈待一作在周。孝恭遵婦道。容止順其猷。別離在今晨。見爾當何秋。居閑始自遣。臨感忽難收。歸來視幼女。零淚緣纓流。

送中弟

秋風(一作氣)入疎戶。離人起晨朝。山郡多風雨。西樓更蕭條。嗟予淮海老。送子關河遙。同來不同去。沉憂寧復消。

寄別李儋

首戴惠文冠。心有決勝籌。翩翩四五騎。結束向并州。名在相公幕(一作府)。丘山恩未酬。妻子不及顧。親友安得留。夙昔同文翰。交分共綢繆。忽枉別離

札涕淚一交流遠郡卧殘疾京氣滿西樓想子
臨長路時當淮海秋

送倉部蕭員外院長存

襆被蹉跎老江國情人邂逅此相逢不隨鴛鷺
朝天去遥想蓬來臺閣重

送王校書

同宿高齋换時節共看移石復裁杉送君江浦
已惆悵更上西樓望遠帆

送丘員外還山

長棲白雲表暫訪高齋宿還辭郡邑諠歸泛松江渌結茅隱蒼嶺伐薪響深谷同是山中人不知往來躅靈芝非庭草遼鶴委一作匪池鶩終當署里門一表高陽族

重送丘二十二還臨平山居

歲中始再覯方來又解攜纔留野艇語已憶故山棲幽澗人夜汲深林鳥長啼還持郡齋酒慰

子霜露淒。

送鄭端公弟移院常州

時瞻憲臣重。禮爲內兄全。公程儻見責。私愛信不僭。況昔陪朝列。今茲俱海壖。清觴方對酌。一作交歡天書忽告遷。豈徒咫尺地。使我心思綿。應當自此始歸拜雲臺前。

送房杭州 孺復

專城未四十。暫謫豈蹉跎。風雨吳門夜。惻愴別情多。

送陸侍御還越

居藩久不樂。遇子聊一欣。英聲頗籍甚。交辟迺時珍。繡衣過舊里。（一作光輝耀四鄰）驄馬輝四鄰。敬恭尊郡守。牋簡具州民。謬忝誠所媿。思懷方見申。置榻宿清夜。加籩醼良辰。遵塗還盛府。行舫遶長津。自有賢方伯。得此文翰賓。

聽江笛送陸侍御（同丘員外賦題）

遠聽江上笛臨觴一送君還愁獨宿夜更向郡齋聞

送丘員外歸山居

郡閣始嘉宴青山憶舊居爲君量革履且願住藍轝

送崔叔清遊越

志茲適越意愛我郡齋幽野情豈好謁詩興一相留遠水帶寒樹閶門望去舟方伯憐文士無

爲成滯遊。

送雲陽鄒儒立少府侍奉還京師

建中即藩守。天寶爲侍臣。歷觀兩都士。多閱諸侯人。鄒生乃後來。英俊亦罕倫。爲文頗瓌麗。禀度自貞醇。甲科推令名。延閣播芳塵。再命趨王畿。請告奉慈親。一鍾信榮禄。可以展歡欣。昆弟俱時秀。長衢當自伸。聊從郡閣暇。美此時景新。方將極娛宴。一作㬎後乃離人已復及離辰。省署慙再入。江海綿十春。今日閶門路。握手子歸秦。

送豆盧策秀才

歲交氷未泮。（一作水始泮又作水水泮）地甲海氣昬。子有京師遊。始發吳閶門。新黃含遠林。微綠生陳根。詩人感時節。行道當憂煩。古來濩落者。俱不事田園。文如金石韻。豈乏知音言。方辭郡齋榻。爲酌離亭罇。無爲（一作已）倦羇旅。一去高飛翻。

送王卿

別酌春林啼鳥稀雙旌背日晚風吹却憶回來花已盡東郊立馬望城池

送劉評事

聲華滿京洛藻翰發陽春未遂鵷鴻舉尚爲江海賓吳中高宴罷西上一遊秦已想函關道遊子冐風塵籠禽羨歸翼遠守懷交親況復歲云暮凛凛冰霜辰旭霽開郡閣寵餞集文人洞庭摘朱實松江獻白鱗丈夫豈恨別一酌且歡忻

送雷監赴闕庭

才大無不備出入爲時須推藩精理行祕府擢文儒部書忽已至焉得又踟躕方舟趍朝謁觀者盈路衢廣筵列衆賓送爵無停迂攀餞誠愴恨賀榮且歡娛長陪栢梁宴日向丹墀趨時方重右職蹉跎獨海隅

送秦糸赴潤州

近作新婚鑷白鬚長懷舊卷映藍衫更欲携君

虎丘寺。不知方伯望征帆。

韋蘇州集卷之四 終

韋蘇州集卷之五

詶答

期盧嵩枉書稱日暮無馬不赴以詩答

佳期不可失。終願枉衡門。南陌人猶度。西林日未昏。庭前空倚杖。花裏獨留樽。莫道無來駕。知君有短轅。

任洛陽丞答前長安田少府問

相逢且對酒。相問欲何如。數歲猶卑吏。家人笑

著書告歸應未（一作坐）得榮宦又知疎日日生春草空
令憶舊居

假中枉盧二十二書亦稱臥疾兼訝李二
久不訪問以詩答書因以戲李二

微官何事勞趨走服藥閑眠養不才花裡暮盤
憎烏汚桃邊書卷訝風開故人問訊緣同病芳
月相思阻一杯應笑王戎成俗物遥持麈尾獨
徘徊

詶盧嵩秋夜見寄五韻

喬木生夜凉。月華滿前墀。去君咫尺地。勞君千里思。（一作萬里）素秉棲遁志。况貽招隱詩。坐見林木榮。願赴滄洲期。何能待歲晏。攜手當此時。（盧詩云歲晏以爲期）

詶鄭戶曹驪山感懷

蒼山何鬱盤。飛閣凌上清。先帝昔好道。下元朝百靈。白雲巳蕭條。麋鹿但縱橫。泉水今尚暖。舊林亦青青。我念綺襦歲。扈從當太平。小臣職前驅。馳道出灞亭。翻翻日月旗。殷殷鼙鼓聲。萬馬自騰驤。八駿按轡行。日出煙嶠緑。氛氳麗層甍。登臨起遐想。沐浴懽聖情。朝燕詠無事。時豐賀國禎。日和絃管音。下使萬室聽。海內湊朝貢。賢愚共歡榮。合沓車馬喧。西聞長安城。事往世如寄。感深迹所經。申章報蘭藻。一望雙涕零。

答李澥三首

孤客逢春暮。緘情寄舊遊。海隅人使遠。書到洛陽秋。
馬卿猶有壁。漁父自無家。想子今何處。扁舟隱
荻花。
林中觀易罷。溪上對鷗閑。楚俗饒辭客。何人最
往還。

詶郴郎中春日歸揚州南郭見別之作

廣陵三月花正開。花裡逢君醉一迴。南北相過
殊不遠。暮潮從去早潮來。

酬豆盧倉曹題庫壁見示

掾局勞才子。新詩動洛川。運籌知決勝。聚米似論邊。宴罷常分騎。晨趨又比肩。莫嗟年鬢改。郎署定推先。

酬李儋

開門臨廣陌。旭旦車駕喧。不見同心友。徘徊憂且煩。都城二十里。居在艮與坤。人生所各務。乖濶累朝昏。湛湛樽中酒。青青芳樹園。緘情未及發。先此枉璵璠。邁世超高躅。尋流得眞源。明當策疲馬。與子同笑言。

詶元偉過洛陽夜讌

三載寄關東。所懽皆遠違。思懷方耿耿。忽得觀容輝。親燕在良夜。歡攜闢中闈。問我猶杜門。不能奮高飛。明燈照四隅。炎炭正可依。淸觴雖云酣。所媿乏珍肥。晨裝復當行。寥落星已稀。何以慰心曲。佇子西還歸。

訓韓質舟行阻凍

晨坐枉嘉藻持此慰寢興中獲辛苦奏長河結陰氷皓矅羣玉發凄清孤景凝（一作澄）至柔反成堅造化安可恃方舟未得行鑿飲空兢兢苦寒彌時節待泮豈所能何必涉廣川荒衢且升騰殷勤宣中意庶用達吾朋

李博士弟以余罷官居同德精舍共有伊陸名山之期久而未去枉詩見問中云

宋生昔登鑒末云那能顧遂華直寄部

懷聊以爲答

初夏息衆緣。雙林對禪客。枉兹芳蘭藻。促我幽人策。冥搜企前哲。逸句陳往迹。髣髴陸渾南。迢遰千峰碧。從來遲高駕。自顧無物役。山水心所娱。如何更朝夕。晨興涉清洛。訪子高陽宅。莫言往來疎。駑馬知阡陌。

寄訓李博士永寧主簿叔廳見待

解鞅先幾日。欵曲見新詩。定向公堂醉。遥憐獨去時。葉霑寒雨落。鍾度遠山遲。晨策已云整。當同林下期。

答令狐士曹獨孤兵曹聯騎暮歸望山見寄

共愛青山住近南。行牽吏役背雙驂。枉書獨宿對流水。遥羨歸時滿夕嵐。

答李博士

休沐去人遠高齋出林杪晴山多碧峰顥氣疑
秋曉端居喜良友枉使千里路緘書當夏時開
緘時已度簷鷰已飄颺荷露方蕭颯夢遠竹窻
幽行稀蘭徑合舊居共南北往來只如昨問君
今爲誰日夕度清洛

答劉西曹時爲京兆功曹

公館夜云寂微凉羣樹秋西曹得時彥華月共
淹留長嘯舉清觴志氣誰與儔千齡事雖邈俯

念忽已周。篇翰如雲興。京洛頗優游。詮文不獨占。理妙即同流。淺劣見推許。恐爲識者尤。空慙文璧贈。日夕不能訓。

答貢士黎逢 時任京兆功曹

茂（一作才）等方上達。諸生安可希。栖神澹物表。渙汗布令詞。如彼崑山玉。本自有光輝。鄙人徒區區。稱嘆亦何爲。彌月曠不接。公門但（一作役）驅馳。蘭章忽有贈。持用慰所思。不見心尚密（一作微密）。況當相見時。

答韓庫部

良玉表貞度。麗藻頗爲工。名列金閨籍。心與素士同。日晏下朝來。車馬自生風。清宵有佳興。皓月直南宮。矯翮方上征。顧我邈忡忡。豈不願攀舉。執事府庭中。智乖時亦蹇。才大命有（一作爲）通。還當以道推。解組守蒿蓬。

答崔主簿倬

朗月分林靄。遥管動離聲。故懽良已阻。空宇澹

楊用修曰極其工緻而艷雪二字尤新

無情窈窕雲鵰沒蒼茫河漢橫蘭章不可答冲襟徒自盈

答徐秀才

鉛鈍謝貞器時秀猥見稱豈如白玉仙（一作仙山鶴）方與紫霞升清詩舞艷雪孤抱瑩玄氷一枝非所貴懷書思武陵（一云懷書且茂陵）

答東林道士

紫閣西邊第幾峰茅齋夜雪虎行蹤遥看黛色

知何處。欲出山門尋暮鐘。一作欲向西山尋暮鐘

答長寧令楊轍

皓月升林表。公堂滿清輝。嘉賓自遠至。觴飲夜何其。宰邑視京縣。歸來無寸資。瓌文溢衆寶。雅正得吾師。廣川含澄瀾。茂一作芳樹擢華滋。短才何足數。枉贈媿妍詞。歡眄良見屬。素懷亦已披。何意雲棲翰。不嫌蓬艾卑。但恐河漢没。回車首路岐。

答馮魯秀才

晨坐枉瓊藻。知子返中林。澹然山景晏。泉谷響幽禽。髣髴謝塵跡。逍遥舒道心。顧我腰間綬。端爲華髪侵。簿書勞應對。篇翰曠不尋。薄田失鋤耨。生苗安可任。徒令慙所問。想望東山岑。

答崔主簿問兼簡温上人

緣情生衆累。晚悟依道流。諸境一已寂。了將身世浮。閒居澹無味。忽復四時周。靡靡芳草積。稍稍新篁抽。即此抱餘素。塊然誠寡儔。自適一忻意愧蒙君子憂。

清都觀答幼遐

逍遥仙家子。日夕朝玉皇。興高清露没。渴飲瓊華漿。解組一來款。披衣拂天香。粲然顧我笑。緣簡發新章。泠泠如玉音。（一作響）馥若蘭芳。浩意坐盈此。月華殊未央。却念喧諠日。何由得清涼。疎松抗（一作枕）高殿。密竹陰長廊。榮名等糞土。攜手隨風翔。

善福精舍答韓司録清都觀會宴見憶

弱志厭衆紛。抱素寄精廬。皦皦仰時彥。悶悶獨爲愚。之子亦辭秋。高蹤罷馳軀。忽因西飛禽。贈我以瓊琚。始表仙都集。復言歡樂殊。人生各有因。契濶不獲俱。一來田野中。日與人事疎。水木澄秋景。逍遥清賞餘。枉駕懷前諾。引領豈斯須（一作須臾）無爲便高翔。邈矣不可迂。

答長安丞裴稅

出身忝時士。於世本無機。爰以林壑趣。遂成頑鈍姿。臨流意已悽。采菊露未稀。舉頭見秋山。萬事都若遺。獨踐幽人蹤。邈將親友違。髦士佐京邑。懷念枉貞詞。久雨積幽抱。清罇宴良知。從容操劇務。文翰方見推。安能戢羽翼。顧此林棲時

奉訓處士叔見示

挂纓守貧賤。積雪臥郊園。叔父親降趾。壺觴攜到門。高齋樂燕罷。淸夜道心存。卽此同疏氏。可以一忘言。

鍾伯敬云亦以其氣韻淳古處

答庫部韓郎中

高士不羈世頗將榮辱齊適委華冕去欲還幽林棲雖懷承明戀忻與物累暌逍遥觀運流誰復識端倪而我豈高（一作能）致偃息平門西愚者世所遺沮溺共耕犁風雪積深夜園田掩荒蹊幸蒙相思札款曲期見携

答暢校書當

偶然棄官去投跡在田中日出照茅屋園林（一作種園）養

似陶不在效其清響

鍾伯敬云學

愚蒙雖云無一資。罇酌會不空。且忻百穀成。仰嘆造化功。出入與民伍。作事靡不同。時伐南澗竹。夜還灃水東。貧蹇自成退。豈爲高人蹤。覽君金玉篇。彩色發我容。一作蒙日日欲爲報。一作歷方春已徂冬。

答崔都水

深夜竹庭雪。孤燈案上書。不遇無爲化。一作法誰復得閑居。

詶令狐司錄善福精舍見贈

野寺望山雪。空齋對竹林。我以養愚地。生君道者心。

澧上精舍答趙氏外生伉

遠跡出塵表。寓身雙樹林。如何小子伉。一作昇亦有超世心。擔書從我遊。攜手廣川陰。雲開夏郊綠。景晏青山沈。對榻遇清夜。獻詩合一作全雅音。所推苟禮數。於性道豈深。隱拙在冲默。經世昧古今。無爲率爾言。可以致華簪。

相望。

暫與雲林別。忽陪鴛鷺翔。看山不得去。知爾獨

答趙氏生伉

答端

郊園夏雨歇。閑院綠陰生。職事方無效。幽賞獨

違情。物色坐如見。離抱悵多盈。况感夕涼氣。聞

此亂蟬鳴。

答史館張學士段柳庶子學士集賢院看

花見寄兼呈柳學士

班楊秉文史對院自爲隣餘香掩閣去遲日看花頻似雪飄閶闔從風點近臣南宮有芳樹不竝禁垣春

答王郎中

卧閣枉芳藻覽旨悵秋晨守郡猶羇寓無以慰嘉賓野曠歸雲盡天清曉露新池荷凉已至窻梧落漸頻風物殊京國邑里但荒榛賦繁屬軍

興政拙愧斯人髦士久臺閣中路一漂淪歸當
列盛朝（一作明）豈念臥淮濱

答崔都水

亭亭心中人迢迢居秦關常緘素札去（一作闊）適枉華
章還憶在澧郊時携手望秋山久嫌官府勞初
喜罷秩閑終年不事業寢食長慵頑不知爲（一作何為）時
來名籍挂郎間攝衣辭田里華簪耀頹顏卜居
又依仁日夕正追攀牧人本無術命至苟復遷

離念積歲序。歸途眇山川。郡齋有佳月。園林含清泉。同心不在宴。罇酒徒盈前。覽君陳迹遊。詞意俱悽妍。忽忽已終日。將謝不能宣。旺稅況重疊。公門極熬煎。責逋甘首免。一作退歲晏當歸田。勿厭守窮轍。一作賤慎爲名所牽。

答王卿送別

去馬嘶春草。歸人立夕陽。元知數日別。要使兩情傷。

答裴丞説歸京所獻

執事頗勤久，行去亦傷乖。家貧無僮僕，吏卒升寢齋。衣服藏內篋，藥草曝前階。誰復知次第，濩落且安排。還期在歲晏，何以慰吾懷。

答裴處士

遺民愛精舍，乘犢入青山。來署高陽里，不遇白衣還。禮賢方化俗，聞風自款關。況子逸羣士，栖息蓬蒿間。

答楊奉禮

多病守山郡。自得接佳賓。不見三四日。曠若十餘旬。臨觴獨無味。對榻已生塵。一咏舟中作。灑雪忽驚新。煙波見棲旅。景物具昭陳。秋塘唯落葉。野寺不逢人。白事廷吏簡。閑居文墨親。高天池閣靜。寒菊霜露頻。應當整孤棹。歸來展殷勤。

答端

坐憶故園人已老。寧知遠郡鴈還來。長瞻西北是歸路。獨上城樓日幾迴。

答僩奴重陽二甥 僩奴趙氏甥伉 重陽崔氏甥播

弃職曾守拙。翫幽遂忘喧。山澗依磽埆。竹樹蔭清源。貧居煙火濕一作絕。歲熟梨棗繁。風雨飄茅屋。蒿草沒瓜園。羣屬相歡悅。不覺過朝昏。有時看禾黍。落日上秋原。飲酒任眞性。揮筆肆狂言。一朝忝蘭省。三載居遠藩。復與諸弟子。篇翰每相敦。西園休習射。南池對芳罇。山藥一作菊經雨碧。海榴凌

霜鬣。念爾不同此。悵然復一論。重陽守故家。倜
子旅湘沅。俱有緘中藻。惻惻動離魂。不知何日
見。衣上淚空存。
答重陽
省札陳往事。愴憶數年中。一身朝北闕。家累守
田農。望山亦臨水。暇日每來同。性情一疎散。園
林多清風。忽復隔淮海。夢想在澧東。病來經時
節。起見秋塘空。城郭連榛嶺。鳥雀噪溝叢。坐使

驚霜鬢。撩亂已如蓬。

詶劉侍郎使君

瓊樹凌霜雪。葱蒨如芳春。英賢雖出守。本自玉階人。宿昔陪郎署。出入仰清塵。孰云俱列郡。比德豈爲鄰。風雨飄海氣。清涼悦心神。重門深夏晝。賦詩延衆賓。方以歲月舊。每蒙君子親。繼作郡齋什。遠贈荆山珍。高閑庶務理。遊眺景物新。朋友亦遠集。燕酌在佳辰。始唱已慙拙。將酬益難伸。濡毫意僶俛。一用寫悁勤。

答令狐侍郎

一凶廼一吉。一是復一非。孰能逃斯理。亮在識其微。三黜故無慍。高賢當庶幾。但以親交戀。音容邈難希。況惜別離久。俱忻藩守歸。朝晏方陪厠。山川又乖違。吳門冒海霧。硤路凌連磯。同會在京國。相望涕沾衣。明時重英才。當復列彤闈。白玉雖塵垢。拂拭還光輝。

酬張協律

昔人鬻春地今人復一賢屬余藩守日方今卧
病年麗思阻文宴芳蹤闕賔筵經時豈不懷欲
往事屢牽公府適煩倦開緘瑩新篇非將握中
寶何以比其妍感茲棲寓詞想復痾瘵纏空宇
風霜交幽居情思綿當以貧非病孰云白未玄
邑中有其人憔悴即我愆由來牧守重英俊得
薦延匪人等鴻毛斯道何由宣遭時無早晚藴

器倏良緣觀文心未衰。勿藥疾當痊。晨期簡牘罷。馳慰子冲然。

答秦十四校書

知掩山扉三十秋。魚鬚翠碧弃牀頭。莫道謝公方在郡。五言今日爲君休。

答賓

斜月纔鑒帷。凝霜偏冷枕。持情須耿耿。故作單牀寢。

黄山谷云余此見右軍一帖云奉橘三百枚霜未降不可多得蘇州盖取諸此

答鄭騎曹青橘絶句

憐君卧病思新橘試摘猶酸亦未黃書後欲題三百顆洞庭須待滿林霜

奉賀聖製重陽日賜宴

聖心憂萬國端居在穆清玄功致海宴錫讌表文明恩屬重陽節雨應此時晴寒菊生池苑高樹出宫城捧藻千官處垂戒百王程復覩開元日臣愚獻頌聲

和吳舍人早春歸沐西亭言志

曉漏戒中禁。淸香肅朝衣。一門雙掌誥。伯侍仲（一作伯仲侍）言歸。亭高性情曠。職密交遊稀。賦詩樂無事。解帶偃南扉。陽春美時澤。旭霽望山暉。幽禽（一作娟鳥出）響未轉。東原綠猶微。名雖列仙爵。心已遣（一作遺）塵機。卽事同巖隱。聖渥良難違。

奉和張大夫戲示青山郎

天生逸世姿。竹馬不曾騎。覽卷冰將釋。援毫露

欲垂金貂傳幾葉玉樹長新枝榮禄何妨早甘羅亦小兒

答河南李士巽題香山寺

洛都游宦日少年攜手行投杯起芳席總轡振華纓關塞有佳氣巖開伊水清攀林憩佛寺登高望都城蹉跎二十載世務各所營茲賞長在夢故人安得并前歲守九江恩召赴咸京因途再登歷山河屬晴明寂寞僧侶少蒼茫林木成

墻宇或崩剥不見舊題名舊遊况存殁獨此淚
交横交横誰與同書壁貽友生今兹守吴郡綿
思方未平子復經陳迹一感我深情遠蒙惻愴
篇中有金玉聲反覆終難答金玉尚爲輕

答故人見諭

素寡名利心自非周圓器徒以歳月資屢蒙藩
條寄時風重書札物情敦貨遺機杼十縑單慵
疎百函愧常負交親責且爲一官累况本蔆落

人歸無置錐地省已知非枉書見深致雖欲
效區區何由枉其志

詶閻員外陟

寒夜阻良覿叢竹想幽居虎符予已誤金丹子
何如醼集觀農暇笙歌聽訟餘雖蒙一言教自
愧道情疎

逢遇

長安遇馮著

劉須溪曰不識詩者亦知是好

客從東方來衣上灞陵雨問客何爲來(一作東何爲)采山因買斧冥冥花正開颺(一作漏)颺鷰新乳昨別今已春鬓絲生幾縷

將發楚州經寶應縣訪李二忽於州館相遇月夜書事因簡李寶應

孤舟欲夜發秪爲訪情人此地忽相遇留連意更新停杯嗟別久對月言家貧一問臨邛令如何待上賓

廣陵遇孟九雲卿

雄藩本帝都，游士多俊賢。夾河樹鬱鬱，華館千里連。新知雖滿堂，中意頗未宣。忽逢翰林友，歡樂斗酒前。高文激頽波，四海靡不傳。西施且一笑，衆女安得妍。明月滿淮海，哀鴻逝長天。所念京國遠，我來君欲一作猶還。一作又旋

淮上遇洛陽李主簿

結茅臨古渡，臥見長淮流。窗裏人將老，門前樹

劉須溪曰幾幾如不自惜寫得

巳秋寒山獨過鴈暮雨遠來舟日夕逢歸客那能忘舊遊

路逢崔元二侍御避馬見招以詩戲贈

一臺稱二妙歸路望行塵俱是攀龍客空爲避馬人見招翻跼蹐相問良殷勤日日吟趨府彈冠豈有因

逢楊開府

舊常之曰或云韋乃帝后之族憑恃恩私作里中橫故韋逢楊開府蔣云云夫武皇平內亂殺韋后不應后之族豪橫若此想正非后族爾李肇國史補言應物性高潔鮮食寡欲所居焚香掃地而坐與此詩所述不同豈非武皇仙去之後折節悔過之時耶

少事武皇帝無賴恃恩私身作里中橫家藏亡

俠氣動盪見者偏憐太白亦云托身白刃裡殺人紅塵中又曰篤得奇怪隊伏逼眞舊見詩話至以為不類蘇州平生不知其沉著轉換正在武皇升仙起興能今讀者隨淚又云收拾慘愴自不在多

頤東橋曰便不

命兒朝持樗蒲局暮竊東鄰姬司隸不敢捕立在白玉墀驪山風雪夜長楊羽獵時一字都不識飲酒肆頑癡武皇升仙去憔悴被人欺讀書事已晚把筆學題詩兩府始收跡南宮謬見推劉云難出于未然正是狡獪非才果不容出守撫惸嫠忽逢楊開府論舊涕俱垂坐客何由識唯有故人知頤東橋云何自詭乃爾

休假日訪王侍御不遇

九日驅馳一日閑尋君不遇又空還惟來詩思

清人骨門對寒流雪滿山。

因省風俗訪道士侄不見題壁

去年澗水今亦流。去年杏花今又拆。山人歸來問是誰。還是去年行春客。

韋蘇州集卷之五　終

劉須溪曰只結句十字神意端然得于實境尋其上四語則頑

韋蘇州集卷之六

懷思

有所思

借問堤上柳，青青爲誰春。空遊昨日地，不見昨日人。繚繞萬家井，往來車馬塵。莫道無相識，要非心所親。

暮相思

鍾伯敬云覺多一字不得
譚友夏云俱在言外

朝出自不還，暮歸花盡發。豈無終日會，惜此花

刻不能待故題曰暮相思彼何知作者用心苦耶

劉須溪曰苦語不自覺

閒月空館忽相思微鐘坐來歇（来或作求　顧東橋云留此不盡之意）

夏夜憶盧嵩

靄靄高館暮開軒滌煩襟不知湘雨來瀟灑在（一作不知微蕭洒山鳥鳴幽林）幽林炎月得涼夜芳罇誰與斟故人南北居累月間徽音人生無間日歡會當在今反側候天旦層城苦沉沉

春思

野花如雪繞江城坐見年芳憶帝京閶闔曉開

劉須溪曰讀蘇州詩如讀道書

換碧樹曾陪鴛鷺聽流鶯

春中憶元二

雨歇萬井春柔條已含綠徘徊洛陽陌惆悵杜陵曲游絲正高下啼鳥還斷續有酒今不同思君瑩如玉

懷素友子西

廣陌並遊騎公堂接華襟方歡遽見別永日獨沈吟階暝流暗馳氣疎露已侵層城湛深夜片

月生幽林徃欵良未遂來覿曠無音恒當淸觴宴思子玉山岑耿耿何以寫密言空委心

對韓少尹所贈硯有懷

故人謫遐遠留硯寵斯文白水浮香墨淸池滿夏雲念離心已永感物思徒紛未有桂陽使裁書一報君

月晦憶去年與親友曲水遊讌

晦賞念前歲京國結良儔騎出宣平里飲對曲

池流今朝隔天末空園傷獨遊再歎林光變塘
緑鳥聲幽凋旴積逋稅華鬓集新秋誰言戀虎
符終當還舊丘

清明日憶諸弟

冷食方多病開襟一忻然終令思故郡煙火滿
晴川杏粥猶堪食榆羹已稍煎唯恨乖親燕坐
度此芳年

池上懷王卿

山居捐世事。佳雨散園芳。入門靄已綠。水禽鳴春塘。重雲始成夕。忽霽尚殘陽。輕舟因風汎。郡閣望蒼蒼。私燕阻外好。臨懽一停觴。茲遊無時盡。旭日願相將。

立夏日憶京師諸弟

改序念芳辰。煩襟倦日永。夏木已成陰。公門晝恒靜。長風始飄閣。疊雲纔吐嶺。坐想離居人。還當惜徂景。一作光景

曉至園中憶諸弟崔都水

山郭恒悄悄。林月亦娟娟。景清神已澄（一作謐）事簡慮絶牽。秋塘徧衰草。曉露洗紅蓮。不見心所愛。茲賞豈爲姸。

懷琅琊深標二釋子

白雲埋大壑。陰崖滴夜泉。應居西石室。月照山蒼然。

雨夜感懷

微雨灑高林，塵埃自蕭散。耿耿心未平，洗洗夜方半。獨驚長簟冷，遽覺愁鬢換。誰能當此夕，不有盈襟歎。

雲陽館懷谷口

清泚階下流，云自谷口源。念昔白衣士，結廬在石門。道高杳無累，景靜得忘言。山夕緑陰滿，世移清賞存。吏役豈遑暇，幽懷復朝昏。雲泉非所濯，蘿月不可援。長往遂真性，暫遊恨卑諠。出身既事世。高躅難等論。

憶灃上幽居

一來當復去。猶此厭樊籠。況我林栖子。朝服坐
南宮。誰獨問啼鳥。還如灃水東。

重九登滁城樓憶前歲九日歸灃上赴崔
都水及諸弟讌集悽然懷舊

今日重九讌。去歲在京師。聊廻出省步。一赴
園期。佳節始云邁。周辰已及茲。秋山滿清景。當

賞屬乖離凋散民里凋摧翳衆木衰樓中一長嘯惻愴起凉飈

始夏南園思舊里

夏首雲物變雨餘草木繁池荷初帖水林花已掃園縈叢蝶尚亂依閣鳥猶喧對此殘芳月憶在漢陵原

登蒲塘驛沿路見泉谷村墅忽想京師舊居追懷昔年

青山導騎遶。春風行旆舒。均徭視屬城。問疾躬

里閭。煙水依泉谷。川陸散樵漁。忽念故園日。復

憶驪山居。荏苒斑鬓及。夢寢婚宦初。不覺平生

事。咄嗟二紀餘。存歿闊已永。悲多歡自疎。高秩

非爲美。闌干淚盈裾。

行旅

經函谷關

洪河絕山根。單軌出其側。萬古爲要樞。往來何

時息。秦皇旣恃險、海內被吞食。及嗣同覆顛。咽喉莫能塞。炎靈距西駕。妻子非經國。徒欲扼諸侯。不知懷至德。聖朝及天寶。豺虎起東北。下沈戰死魂。上結窮寃色。古今雖共守。成敗良可識。藩屏無俊賢。金湯獨何力。馳車一登眺。感慨中自惻。

經武功舊宅

茲邑昔所遊。嘉會常在目。歷載俄二九。始往今

來復感感居人少茫茫野田綠風雨經舊墟毀
垣迷往蹟門臨川流駛樹有羈雌宿多累恒悲
往長年覺時速欲去中復留徘徊（一作徬徨）結心曲

往雲門郊居塗經洄流作

茲晨乘休暇適往田家廬原谷經塗澀春陽草
木敷綫遵板橋曲復此清澗紆崩壑方見射迴
流忽已舒明滅泛孤景杳靄含夕虛無將爲邑
志一酌澄波餘

乘月過西郊渡

遠山含紫氛。春野靄云暮。值此歸時月。留連西澗渡。謬當文墨會。得與羣英遇。賞逐亂流翻。心將清景悟。行車儼未轉。芳草空盈步。已舉候亭火。猶愛村原樹。還當守故局。悵悵秉幽素。

晚歸灃川

凌霧朝閶闔。落日返清川。簪組方暫解。臨水一翛然。昆弟忻來集。童稚滿眼前。適意在無事。携

手望秋田南嶺橫爽氣高林繞遥阡野廬不鋤
理翳翳起荒烟名秩斯逾分廉退愧不全已想
平門路晨騎復言旋

授衣還田里

公門懸甲令澣濯遂其私晨起懷愴恨野田寒
露時氣收天地廣風凄草木衰山明始重疊川
淺更逶迤烟火生閭里禾黍積東菑終然可樂
業時節一來斯

桂天祥曰白字入妙正見夕暗之意

夕次盱眙縣

落帆逗（一作遊）淮鎮停舫臨孤驛浩浩風起波冥冥日沉夕人歸山郭暗鴈下蘆洲白獨夜憶秦關聽鐘未眠客

春月觀省屬城始憩東西林精舍

因時省風俗布惠迨高年建隼出潯陽整駕遊山川白雪斂晴壑羣峯列遥天嶔崎石門狀杳靄香爐烟榛荒屢罥罣逼側殆覆顛方臻釋氏

廬。時物屢華妍。曇遠昔經始。於茲閟幽玄。東西竹林寺。灌注寒澗泉。人事旣云泯。歲月復已綿。殿宇餘丹紺。磴閣峭歊懸。佳士亦棲息。善身絕塵緣。今我蒙朝寄。教化敷里鄽。道妙苟爲得。出處理無偏。心當同所尚。跡豈辭纏牽。

自蒲塘驛迴駕經歷山水

館宿風雨滯。始晴行蓋轉。潯陽山水多。草木俱紛衍。崎嶇緣碧澗。蒼翠踐苔蘚。高樹夾潺湲。崩石横陰巘。野杏依寒拆。餘雲冒嵐淺。性惬形豈勞。境殊路遺緬。憶昔終南下。隹遊亦屢展。時禽下流暮。紛思何由遣。

山行積雨歸塗始霽

攬轡窮登降。陰雨遘二旬。但見白雲合。不睹巖中春。急澗豈易揭。峻塗良難遵。深林猿聲冷。沮洳虎跡新。始霽升陽景。山水閟清晨。雜花積如霧。百卉萋已陳。鳴騶屢驤首。歸路自忻忻。

感歎

傷逝

此後嘆世哀傷十九首盡同德精舍舊居傷懷時所作

染白一爲黑。焚木盡成灰。念我室中人。逝去亦不廻。結髮二十載。賓敬如始來。提携屬時屯。契闊憂患災。柔素亮爲表。禮章夙所該。仕公不及私。百事委令才。一旦入閨門。四壁滿塵埃。斯人既已矣。觸物但傷摧。單居移時節。泣涕撫嬰孩。知妄謂當遣。臨感要難裁。夢想忽如睹。驚起復徘徊。此心良無已。遶屋生蒿萊。

往富平傷懷

晨起凌嚴霜。慟哭臨素帷。駕言百里塗。惻愴復何爲。昨者仕公府。屬城常載馳。出門無所憂。返室亦熙熙。今者掩筠扉。但聞童稚悲。丈夫須出入。顧爾内無依。銜恨已酸骨。何況苦寒時。單車路蕭條。廻首長逶遲。飄風忽截野。嘹唳鴈起飛。昔時同往路。獨往今距知。

劉須溪曰唐人詩氣短蘇州氣平短與平甚懸絶及其悼亡自不能不短耳短者使人不歆再讀

出還

昔出喜還家。今還獨傷意。入室掩無光。銜哀寫虛位。悽悽動幽幔。寂寂驚寒吹。幼女復何知。時來庭下戲。咨嗟日復老。錯莫身如寄。家人勸我飡。對按空垂淚。

顧况此語愛累

冬夜

杳杳日云夕。鬱結誰爲開。單衾自不煖。霜霰已皚皚。晚歲淪夙志。驚鴻感深哀。深哀當何爲。桃

劉須溪曰哀傷如此豈有和聲哉而慘黯條達愈緩愈長

顧東橋曰蘇州可謂刻意選体大入堂奥者矣

李忽凋摧。幃帳徒自設。冥寞豈復來。平生雖恩重。遷去託窮埃。抱此女曹恨。顧非高世才。振衣中夜起。河漢尚徘徊。

送終

奄忽逾時節。日月獲其良。蕭蕭車馬悲。祖載發中堂。生平同此居。一旦異存亡。斯須亦何益。終復委山岡。行出國南門。南望鬱蒼蒼。日入乃云造。慟哭宿風霜。晨遷俯玄廬。臨訣但遑遑。方當

◎

永潛翳仰視白日光俯仰遽終畢封樹已荒凉獨留不得還欲去結中腸童稚知所失啼號捉我裳即事猶倉卒歲月始難忘

除日

思懷耿如昨季月已云暮忽驚年復新獨恨人成故氷池始泮綠梅梅（一作梢）還飄素淑景方轉延朝朝自難度

對芳樹

◎

劉須溪曰亦何嘗用意刻削正自不可堪顧東橋曰豈不務去陳言自是老成

迢迢芳園樹。列映清池曲。對此傷人心。還如故時綠。風條灑餘靄。露葉承新旭。佳人不再攀。下有往來躅。

月夜

皓月流春城。華露積芳草。坐念綺窗空。翻傷清景好。清景終若斯。傷多人自老。

歎楊花

空蒙不自定。況值暄風度。舊賞逐流年。新愁忽

盈素縭縈下苑曲稍滿東城路人意有悲歡時
芳獨如故

過昭國里故第

不復見故人一來過故宅物變知景暄心傷覺
時寂池荒野筠合庭緑幽草積風散花意謝鳥
還山光夕宿昔方同賞詎知今念昔緘室在東
廂遺器不忍覿柔翰全分意芳巾尚染澤殘工
委筐篋餘素經刀尺收此還我家將還復愁惕

劉須溪曰此夏日詩其尤苦也

永絕攜手歡空存舊行迹冥冥獨無語杳杳將何適唯思古今同時緩傷與慼

夏日

已謂心苦傷如何日方永無人不晝寢獨坐山中静悟澹將遣慮學空庶遺境積俗易爲侵愁來復難整

端居感懷

洸洸積素抱婉婉屬之子永日獨無言忽驚振

衣起方如在幃室復悟永終已稚子傷恩絕盛時若流水暄凉同寡趣朗晦俱無理寂性常喻人滯情今在已空房欲云暮巢鷰亦來止夏木遽成陰緑苔誰復履感至竟何方幽獨長如此

悲紈扇

非關秋節至詎是恩情改掩嚬人已無委篋凉空在何言永不發暗使銷光彩

閑齋對雨

鍾伯敬曰每於庸常語意看敬處字回旋便深便警此偷詩秘法也

幽獨自盈抱陰淡亦連朝空齋對高樹疎雨共蕭條巢鸞翻泥濕蕙花依砌消端居念往事倏忽苦驚飈

林園晚霽

雨歇見青山落日照園林山多烟鳥亂林清風景翻提携唯子弟蕭散在琴言同遊不同意耿耿獨傷魂寂寞鍾已盡如何還入門

秋夜二首

劉須溪曰吾讀蘇州詩至此切怪其情近婦人

庭樹轉蕭蕭。陰蟲還戚戚。獨向高齋眠。夜聞寒雨滴。微風時動牖。殘燈尚留壁。惆悵平生懷。偏來委今夕。

霜露已凄漫。星漢復昭回。朔風中夜起。驚鴻千里來。蕭條涼葉下。寂寞清砧哀。歲晏仰空宇。心事若寒灰。

感夢

歲月轉蕪漫。形影長寂寥。髣髴覯微夢。感嘆起

中宵綿思靄流月驚魂颯迴飈誰念茲夕永坐令顔鬢凋

同德精舍舊居傷懷

洛京十載別東林訪舊扉山河不可望存沒意多違時遷迹尚在同去獨來歸還見窗中鴿日暮遶庭飛

悲故交

白璧衆求瑕素絲易成汙萬里顛沛還高堂已

長慕積憤方盈抱纏哀忽逾度念子從此終黃
泉竟誰訴一爲時事感豈獨平生故唯見荒丘
原野草塗朝露
張彭州前與緱氏馮少府各惠寄一篇多
故未答張已云歿因追哀敘事兼遠簡
馮生
君昔掌文翰西垣復石渠朱衣乘白馬輝光照
里閭余時忝南省接讌愧空虛一別守茲郡蹉

踰歲再除。常懷關河表。永日簡牘餘。郡中有方塘。凉閣對紅蕖。金玉蒙遠貺。篇詠見吹噓。未答平生意。已歿九原居。秋風吹寢門。長慟涕漣如。覆視緘中字。奄爲昔人書。髮鬢已云白。交友日凋疎。馮生遠同恨。憔悴在田廬。

東林精舍見故殿中鄭侍御題詩追舊書情涕泗橫集因寄呈閻澧州馮少府

仲月景氣佳。東林一登歷。中有故人詩。淒凉在高壁精思長懸世音容已歸寂墨澤傳灑餘磨滅親翰迹平生忽如夢百事皆成昔結騎京華年揮文篋笥積朝廷重英彥時輩分珪璧永謝柏梁陪獨闕金門籍方嬰存歿感豈暇林泉適雨餘山景寒風散花光夕新知雖滿堂故情誰能覿唯當同時友緘寄空悽慽

同李二過亡友鄭子故第李與之故非予所識

客車名未滅沒世恨應長斜月知何照幽林判

自芳故人驚逝水寒雀噪空墻不是平生舊遺
蹤要可傷

話舊亭中對兄姊話蘭陵崇賢懷眞已來故事泫然而作

存亡三十載事過悉成空不惜霑衣淚併話一
宵中

至開化里壽春公故宅

寧知府中吏故宅一徘徊歷階存往敬瞻位泣
餘哀廢井沒荒草陰牖生綠苔門前車馬散非

復昔時來。

睢陽感懷

豺虎犯天綱。昇平無內備。長驅陰山卒。略踐三河地。張侯本忠烈。濟世有深智。堅壁梁宋間。遠籌吳楚利。窮年方絕輸。鄰援皆攜貳。使者哭其庭。救兵終不至。重圍雖可越。藩翰諒難棄。饑喉待危巢。懸命中路墜。甘從鋒刃斃。莫奪堅貞志。宿將降賊庭。儒生獨全義。空城唯白骨。同往無

◎

賤貴。哀哉豈獨今。千載當歔欷。

廣德中洛陽作

生長太平日。不知太平歡。今還洛陽中。感此方苦酸。飲藥本攻病。毒腸翻自殘。王師涉河洛。玉石俱不完。時節屢遷斥。山河長鬱盤。蕭條孤煙絕。日入空城寒。蹇劣乏高步。緝遺守微官。西懷咸陽道。躑躅心不安。

閶門懷古

獨鳥下高樹遥知吳苑園淒凉千古事日暮倚閶門

感事

霜雪皎素絲何意墜墨池青蒼猶可濯黑色不可移女工再三嘆委棄當此時歲寒雖無褐機杼誰肯施

感鏡

鑄鏡廣陵市菱花匣中發宿昔嘗許人鏡成人

已沒。如氷結圓器。類璧無絲髮。形影終不臨。淸光殊不歇。一感平生言。松枝桂秋月。

嘆白髮

還同一葉落。對此孤鏡曉。絲縷乍難分。楊花復相繞。時役人易衰。吾年白猶少。

韋蘇州集卷之六終

韋蘇州集卷之七

登眺

登高望洛城作

高臺造雲端遐矚周四垠雄都定鼎地勢據萬國尊河岳出雲雨土圭酌乾坤舟（一作盈）通南越貢城背北邙原帝宅夾清洛丹霞捧朝曦葱蘢瑶臺榭窅窱雙闕門十載構屯難兵（一作久）戈若雲屯膏腴滿榛蕪比屋空毀垣聖主乃東眷俾賢拯元元

熙熙居守化。洸洸太府恩。至損當（一作方）受益。苦寒必生溫。平明四城開。稍見市井喧。坐感理亂迹。永懷經濟言。吾生自不達。空鳥何翩翻。天高水流遠。日晏城郭昏。徘徊訖旦夕。聊用寫憂煩。

同德寺閣集眺

芳節欲云晏。遊遨樂相從。高閣照丹霞。飀飀含遠風。寂寥氛氳廓。超忽神慮空。旭日霽皇州。岧嶤見兩宮。嵩少多秀色。羣山莫與崇。三川浩東

劉須溪曰凡語言夫趣皆實歷無趣者雖有味点短

注灃潏亦來同。陰陽降太和。宇宙得其中。舟車滿川陸。四國靡不通。舊堵今已葺。庶甿亦已豐。周覽思自奮。行當遇時邕。

登寶意寺上方舊遊 寺在武功，曾居此寺

翠嶺香臺出半天。萬家煙樹滿晴川。諸僧近住不相識。坐聽微（一作幽）鐘記往年。

登樂遊廟作

高原出東城。鬱鬱見咸陽。上有千載事。乃自漢

宣皇。頹壖久凌遲。陳迹翳丘荒。春草雖復綠。驚
風但飄揚。周覽京城內。雙闕起中央。徵鐘何處
來。暮色忽蒼蒼。歌吹喧萬井。車馬塞康莊。昔人
豈不爾。百世同一傷一作場歸當守冲漠。跡寓心自忘。

登西南岡卜居遇雨尋竹浪至澧壖縈帶
數里清流茂樹雲物可賞

登高創危構。林表見川流。微雨颯已至。蕭條川
氣秋。下尋密竹盡。忽曠沙際遊。紆直水分野。綿

延稼盈疇寒花明廢墟樵牧笑榛丘雲水成（一作交）陰
澹竹樹更清幽適自戀佳賞（一作適自愜心賞又一作幽賞）復茲永日留

澧上與幼遐月夜登西岡翫花

置酒臨高隅佳人自城闕已翫滿川花還看滿
川月花月方浩然賞心何由歇

臺上遲客

高臺一悄（一作聊）望遠樹間朝暉但見東西騎端令心
賞違始霽郊園綠暮春啼鳥稀徒然對芳物何

能獨醉歸。

登樓

茲樓日登眺。流歲暗蹉跎。坐厭淮南守。秋山紅樹多。

善福寺閣

殘霞照高閣。青山出遠林。晴明一登望。蕭洒此幽襟。

樓中月夜

端令倚懸檻長望抱沉憂寧知故園月今夕在茲樓衰蓮送餘馥華露湛新秋坐見蒼林變清輝愴已休

寒食後北樓作

園林過新節風花亂高閣遥聞擊鼓聲蹴踘軍中樂

西樓

高閣一長望故園何日歸烟塵擁（一作在）函谷秋鴈過

來稀。

夜望

南樓夜已寂。暗鳥動林間。不見城郭事。沈沈唯四山。

晚登郡閣

悵然高閣望。已掩東城關。春風偏送柳。夜景復沈山。

登重玄寺閣

時暇陟雲構晨霽澄景光始見吳都（一作郡）大十里鬱
蒼蒼山川表明麗湖海吞大荒合沓臻水陸駢
闐會四方俗繁節又暄雨順物亦康禽魚各翔
泳草木遍芬芳於茲省甿俗一用勸農桑誠知
虎符忝但恨歸路長

遊覽五十八首

觀早朝

伐鼓通嚴城車馬溢廣躔煌煌列明燭朝服照

華鮮。金門杳深沈。尚聽清漏傳河漢忽巳沒。司
闈啟晨關。冉殿據龍首。崔嵬對南山。寒生千門
裏。日照雙闕間。禁旅下城列。鑪香起中天。輝輝
睹明聖。濟濟行俊賢。媿無鴛鷺姿。短翮空飛還。
誰當假毛羽。雲路相追攀。

陪元侍御春遊

何處醉春風。長安西復東。不因俱罷職。豈得此
時同。貰酒宣平里。尋芳下苑中。往來楊柳陌。猶

避昔年驄。

遊龍門香山泉

山水本自佳。遊人已忘慮。碧泉交幽絶。賞愛未（一作不）能去。潺湲瀉幽磴。繚繞帶（一作對）嘉樹。激轉忽殊流。歸泓又同注。羽觴自成（一作代）翫。永日亦延趣。靈草有時香。仙（一作山）源不知處。還當候圓月。携手重遊寓。

龍門遊眺

鑿山導伊流。中斷若天闕。都門遙相望。佳氣生朝夕素懷出塵意適有攜手客精舍遶（一作繞）層阿千龕鄰（一作鱗）峭壁緣雲路猶緬憩澗鐘已寂花樹發煙華淙流散石脉長嘯招遠風臨潭漱金碧日落望都城人間何役役（一作徘徊悵還駕城闕多物役）

洛都遊寓

東風日已和元化亮無私草木同時植生條有高卑罷官守園廬豈不懷渴饑窮通非所干跼促當何爲佳辰幸可遊親友亦相追朝從華林

宴暮返東城期擬英出蘭皋翫月步川坻軒冕誠可慕所憂在縶維

再遊龍門懷舊侶嘗與賓貢州洛陽韓丞丞澠池李丞丞鄭二尉同遊

兩山鬱相對晨策方上干霄霭眺都城悠悠俯清瀾邈矣二三子茲焉屢遊盤良時忽已周獨往念前歡好鳥始云至衆芳亦未闌遇物豈殊昔慨傷自有端

莊嚴精舍遊集

良遊因時暇。乃在西南隅。緑煙凝層城。豐草滿通衢。精舍何崇曠。煩踊一弘舒。架虹施廣蔭。構雲眺八區。即此塵境遠。忽聞幽鳥殊。新林（一作秋）泯景光。叢緑含露濡。永日亮難遂。平生少歡娛。誰能遽還歸。幸與（一作潯）高士俱。

府舍月遊

官舍（一作寺）耿深夜。佳月喜同遊。橫河俱半落。泯露忽

鶩秋散彩疎羣樹分規澄素流心期與浩景蒼蒼殊未收

任鄠令渼陂遊眺

野水灩長塘煙花亂晴日氛氲綠樹多蒼翠千山出游魚時可見新荷尚未密屢往心獨閑心無理人術

西郊遊矚

東風散餘沍陂水淡已綠一作淥烟芳何處尋香靄春

山曲新禽哢晴節晴光泥嘉木一與諸君遊華觴忻見屬

再遊西郊渡

水曲一追遊遊人重懷戀嬋娟昨夜月還向波中見驚禽棲不定流芳寒未徧携手更何時佇看花似霞

月溪與幼遐君貺同遊時二子還城

岸篠覆迴溪迴溪曲如月洸洸水容緑寂寂流

鶯歇（一作鶯初歇）淺石方凌亂遊禽時出沒半雨夕陽霏緣源雜花發明晨重來此同心應已闕

與幼遐君貺兄弟同遊白家竹潭

淸賞非素期偶遊方自得前登絕嶺險下視深潭黑密竹已成暮歸雲殊未極春鳥依谷暄紫蘭含幽色已將芳景遇復款平生憶終念一歡別臨風還默默

秋夕西齋與僧神靜遊

譚旻夏曰躰貼人情之言

晨登西齋望。不覺至夕曛。正當秋夏交。原野起煙氛。坐聽凉飇舉。華月稍披雲。漠漠山猶隱。灎灎川始分。物幽夜更殊。境静興彌臻。息機非傲世。于時乏嘉聞。究竟自爲理。况與釋子羣。

觀田家

微雨衆卉新。一雷驚蟄始。田家幾日閒。耕種從此起。丁壯俱在野。場圃亦就理。歸來景常晏。飲犢西澗水。饑劬不自苦。膏澤且爲喜。倉廩無宿

鍾伯敬曰憩字入滑厚

儲徭殺猶未巳。方憩不耕者。禄食出閭里。

園亭覽物

積雨時物變。夏綠滿園新。殘花巳落實。高笋半成筠。守此幽棲地。自是忘機人。

觀澧水漲

夏雨萬壑湊。澧漲暮渾渾。草木盈川谷。澶漫一平呑。槎梗方瀰泯。濤沫亦洪翻。北來注涇渭。所過無安源。雲嶺同昏黑。觀望悸心魂。舟人空欽

棹風波正自奔　漲一作流

陪王卿郎中遊南池

鵁鶄俱失侶同爲此地遊露浥荷花氣風散柳園秋烟草凝衰嶼星漢汎歸流林高初上月塘深未轉舟清言屢往復華樽始獻酬終憶秦川賞端坐起離憂

南園陪王卿遊矚

形迹雖拘檢世事淡無心郡中多山水日夕聽

幽禽。几閣文墨暇。園林春景深。雜花芳意散。緑池暮色沉。君子有高躅。相携在幽尋。一酌何爲貴。可以寫冲襟。

遊西山

時事方擾擾。幽賞獨悠悠。弄泉朝涉澗。采石夜歸州。揮翰題蒼峭。下馬歷嵌丘。所愛唯山水。到此即淹留。

春遊南京

川明氣巳變巖寒雲尚擁南亭草心綠春塘泉
脉動景煦聽禽響雨餘看柳重逍遥池塘華益
媿專城寵

再遊西山

南譙古山郡信是高人居自嘆乏弘量終朝親
簿書於時忽命駕秋野正蕭疎積逋誠待責尋
山亦有餘測測石泉冷曖曖煙谷虛中有釋門
子種藥（一作藥）結茅廬出身厭名利遇境即躊躇守直

雖多忤視險方晏如況將塵埃外襟抱從此舒

遊靈巖寺

始入松路永獨忻山寺幽不知臨絶檻乃見西江流吳岫分煙景楚甸散林丘方悟關塞眇重軫故園愁聞鐘戒歸騎憩澗惜良遊地疎泉谷狹春深草木稠茲焉賞未極清景一作濟期杪秋

與盧陟同遊永定寺北池僧齋

密竹行已遠子規啼更深緑池芳草氣閑齋春

鍾伯敬曰最深最細〻極則淡、又云孤花表春餘妙語妙情言有殘鶯知夏淺

樹陰。晴蝶飄蘭逕。遊蜂遶花心。不遇君攜手。誰復此幽尋。

遊溪

野水煙鶴唳。楚天雲雨空。翫舟淸景晚。垂釣綠蒲中。落花飄旅衣。歸流澹淸風。綠源不可極。遠樹但靑蔥。

遊開元精舍

夏衣始輕體。遊步愛僧居。果園新雨後。香臺照

可爲妙對
譚叉夏日表字
思路入微

日初。綠陰生晝靜（一作寂）孤花表春餘。符竹方爲累。形跡一來疎。

襄武館遊眺

州民知禮讓。訟簡得遨遊。高亭憑古地。山川當暮秋。是時粳稻熟。四望盡（一作平）田疇。仰恩慚政拙。念勞喜歲收。澹泊風景晏。繚繞雲樹幽。節徃情惻惻。天高思悠悠。嘉賓幸雲集。芳罇始淹留。還希（一作還書）習池賞（曲池濱）。聊以駐鳴騶。

秋景詣瑯琊精舍

屢訪塵外迹。未窮幽賞情。高秋天景遠。始見山水清。上陟巖殿憇。暮看雲壑平。蒼茫寒色起。迢遰晚鐘鳴。意有清夜戀。身爲符守嬰。悟言（一作方愛）緇衣子。瀟灑中林行。

同韓郎中閑庭南望秋景

朝下抱餘素。地高心本閑。如何趨府客。罷秩見秋山。疎樹共寒意。遊禽同暮還。因君悟清景。西

望一開顔

慈恩精舍南池作

清境豈云遠炎氛忽如遺重門布緑陰菡萏滿廣池石髮散淸淺林光動漣漪緣崖摘紫房扣檻集靈龜浥浥餘露氣馥馥幽襟披積喧忻物曠躭翫覺景馳明晨復趨府幽賞當反思

雨夜宿清都觀

靈飆動閶闔微雨灑瑶林復此新秋夜高閣正

沇沇曠歲恨殊跡兹夕一被襟洞戶含涼氣綱
軒構層陰況自展良友芳罇遂盈斟適悟委前
忘清言怡道心豈戀腰間綬如役籠中禽

善福精舍秋夜遲諸君

廣庭獨閑步夜色方湛然丹閣已排雲皓月更（一作正）
高懸繁露降秋節蒼林鬱芊芊仰觀天氣涼高
詠古人篇撫已亮無庸結交賴羣賢屬予翹思
時方子中夜眠相去隔城闕佳期屢徂（一作阻）遷如何

劉須溪曰自以為得
又云游興各自寫
種伯敬曰與藥餌情所正ゝ字同想

日夕待見月三四圓。

東郊

吏舍跼終年。出郊曠清曙。楊柳散和風青山澹吾慮。依叢適自憩。緣澗還復去。微雨靄芳原。春鳩鳴何處。樂幽心屢止。遵事跡猶遽。終罷斯結（一作期）廬。慕陶真可庶。

秋郊作

清露澄境遠。旭日照臨初。一望秋山靜。蕭條形迹疎。登原忻時稼。采菊行故墟。方願沮溺耦。淡泊守田廬。

行寛禪師院

北望極長廊。斜扉映（一作淹）叢竹。亭午一來尋。院幽僧亦獨。唯聞山鳥啼。愛此林下宿。

神靜師院

青苔幽巷徧。新林露氣微。經聲在深竹。高齋獨掩扉。憩樹愛嵐嶺。聽禽悦朝暉。方耽靜中趣。自

桂天祥曰有淺疾有轉折眼前景眼前事大妙

與塵事違。

精舍納凉

山景寂已晦。野寺變蒼蒼。夕風吹高殿。露葉散林光。清鐘始戒夜。幽禽尚歸翔。誰復掩扉臥。不詠南軒凉。

藍嶺精舍

石壁精舍高。排雲聊直上。佳遊愜始願。忘險得前賞。崖傾景方晦。谷轉川如掌。綠林含蕭條。飛

閣起弘敞道人上方至深夜還獨往日落羣山
陰天秋百泉響所嗟累已成安得長偃仰

道晏寺主院

北鄰有幽竹潛筠穿我廬往來地已密心樂道
者居殘花廻往節輕條蔭夏初聞鐘北窻起嘯
傲永日餘

義演法師西齋

結茅臨絶岸隔水聞清磬山水曠蕭條登臨散

鍾伯敬曰造事寫得深便無清態

情性稍指緣原騎還尋汲澗徑長嘯倚亭樹悵然川光暝

澄秀上座

繚繞西南隅鳥聲轉幽靜秀公今不在獨禮高僧影林下器未收何人適煮茗

至西峰蘭若受田婦饋

攀崖復緣澗遂造幽人居鳥鳴泉谷暖土起萌甲舒聊登石樓憩下諓潭中魚田婦有嘉獻潑

鍾伯敬曰：非不出，出出不足以言之。

劉須溪曰：語有仙風道骨。

撒新歲餘。常惟投錢飲。事與賢達疎。今我何爲答。鰥寡欲焉如。

曇智禪師院

高年不復出。門徑（一作漫）衆草生。時夏方新雨。果藥發餘榮。疎澹下林景。流暮幽禽情。身名兩俱遣。獨此野寺行。

起度律師同居東齋院

釋子喜相偶。幽林俱避喧。安居同僧夏。清夜諷嘗常之曰韋應物歐永叔皆作滁州太守應物游瑯琊山則曰鳴騶響幽澗前旌耀崇岡永叔則不然游石子澗詩云麏麚魚鳥莫驚怪太守不將車騎來又云使君厭騎從車馬留山前行歌招野叟共步青林間游山當如此也

道言對閣景恬晏步庭陰始繁逍遥無一事松風入南軒

遊瑯琊山寺

受命恤人隱茲遊久未遑鳴騶響幽澗（一作谷）前旌耀崇岡青冥臺砌寒綠縟草木香塡壑躋花界疊石構雲房經製隨巖轉繚繞豈定方新泉泄陰壁高蘿蔭綠塘攀林一栖止飲水得清涼物累誠可遣疲甿終未忘還歸坐郡閣但見山蒼蒼

同越瑯琊山　趙氏生辟強

石門有雪無行跡。松壑凝煙滿衆香。餘食施庭寒鳥下。破衣挂樹老僧亡。

請西山深師

曹溪舊弟子。何緣住此山。世有征戰事。心將流水閑。掃林驅虎出。宴坐一林間。藩守寧爲重。擁騎造雲關。

尋簡寂觀瀑布

躡石欹危過急澗，攀崖迢遰弄懸泉。猶將虎竹爲身累，欲付歸人絶世緣。

簡寂觀西澗瀑布下作

淙（一作深）流絶壁散，虛煙翠澗深。叢際松風起，飄來灑塵襟。窺蘿翫猿鳥，解組傲雲林。茶果邀眞侶，觴酌洽同心。曠歲懷茲賞，行春始重尋。聊將橫吹笛，一寫山水音。

遊南齋

蜀常之曰：潛溪詩「野水烟寉唳，楚天雲雨空」，此

詩春水二句詠声萬物自生聽太空常寂寥如此等句豈下于兵衛森劍戟燕寢凝清香哉

池上鳴佳禽僧齋日幽寂高林晚露清紅藥無人摘春水不生煙荒岡筠翳石不應朝夕遊良爲蹉跎客

南園

清露夏天曉荒園野氣通水禽遙泧雪池蓮逈披紅幽林詎知暑環舟似不窮頓灑塵喧意長嘯滿襟風

西亭

亭宇麗朝景。簾牖散暄風。小山初構石。珍樹三然紅。弱藤已扶援。幽蘭欲成叢。芳心幸如此。佳人時不同。

夏景園廬

羣木晝陰靜。北窻凉風多。閑居逾時節。夏雲已嵯峨。搴葉愛繁緑。緣澗弄驚波。豈爲論夙志。對此青山阿。

夏至避暑北池

晝晷已云極宵漏自此長未及施政教所憂變
炎凉公門日多暇是月農稍忙高居念田里苦
熱安可當亭午息羣物獨遊愛方塘門閉陰寂
寂城高樹蒼蒼緑筠尚含粉圓荷始散芳於焉
洒煩抱可以對華觴

題從侄成緒西林精舍書齋

棲身齒多暮息心君獨少慕謝始精文依僧欲
觀妙冽泉前階注清池北窻照果藥雜芬敷松

筠竦舊峭。屢躋幽人境。每肆芳晨眺。採藥玄猿窟。擷芝丹林嶠。紵衣豈寒禦。蔬食非饑療。雖甘巷北單。（一作簞）豈塞青紫耀。郡有優賢榻。朝編貢士詔。欲同（一作求）朱輪載。勿憚移文誚。

題鄭弘憲侍御遺愛草堂

居士近依僧。青山結茅屋。疎松映嵐晚。春池含苔綠。繁華冒陽嶺。新禽響幽谷。長嘯攀喬林。慕茲高世躅。

同元錫題瑯琊寺

適從郡邑喧，又茲三伏熱。山中清景多，石罅寒泉潔。花香天界事，松竹人間别。殿分嵐嶺明，磴臨懸（一作玄）壑絶。昏旭窮陟降，幽顯盡披閱。嶔（一作嶺）駭風雨區，寒知龍蛇穴。情虛澹泊生，境寂塵妄滅。經世豈非道，無爲厭車轍（一作歸轍）。

題鄭拾遺草堂

借地結茅棟，横竹挂朝衣。秋園雨中緑，幽居塵事違。一作涼陰井夕蟲亂。高林霜果稀。子有白雲意。構此想巖扉。

韋蘇州集卷之七終

◎

韋蘇州集卷之八

雜興

詠玉

乾坤有精物。至寶無文章。雕琢爲世器。眞性一朝傷。

詠水精

映物隨顔色。含空無表裏。持來向明月。的皪愁成水。

詠珊瑚

絳樹無花葉。非石亦非瓊。世人何處得。蓬萊石上生。

詠瑠璃

有色同寒水。無物隔纖塵。象筵看不見。堪將對玉人。

詠琥珀

曾爲老茯神。本是寒松液。蚊蚋落其中。千年猶可覯。

仙人祠

蒼岑古仙子。清廟閟華容。千載去寥廓。白雲遺舊蹤。歸來灞陵上。猶見最高峰。

詠曉

軍中始吹角。城上河初落。深沈猶隱帷。晃朗先分閣。

詠夜

劉須溪曰甚姿近道語此漸趨顧東橋曰造理之言又云勝詠夜之作遠甚

明從何處去。暗從何處來。但覺年年老。半是此中催。

詠聲

萬物自生聽。太空恒寂寥。還從靜中起。却向靜中消。

一作此

一作應

任洛陽丞請告

方鑿不受圓。直木不爲輪。揆才各有用。反性生苦辛。折腰非吾事。飲水非吾貧。休告臥空館。養病絶囂塵。遊魚自成族。野鳥亦有羣。家園杜陵下。千歲心氛氳。天晴嵩山高。雪後河洛春。喬木猶未芳。百草日已新。著書復何爲。當去東皐耘。

縣齋

仲春時景好。草木漸舒榮。公門且無事。微雨園林清。泱泱水泉動。忻忻衆鳥鳴。閑齋始延矚。東作興庶甿。即事覩文墨。抱冲披道經。於焉日澹泊。徒使芳尊盈。

晚出府舍與獨孤兵曹令狐工曹南尋朱雀街歸里第

分曹幸同簡。聯騎方愜素。還從廣陌歸。不覺青山暮。翻翻鳥未没。杳杳鐘猶度。尋草遠無人。望山多枉路。聊參世士跡。嘗得靜者顧。出入雖見牽。忘身緣所一作明晤。

休暇東齋

由來束帶士。請謁無朝暮。公暇及私身。何能獨

閑步摘葉愛芳在捫竹怜粉汚岸幘偃東齋夏天清曉露懷仙閱真誥貽友題幽素榮達頗知疎恬然自成度綠苔日已滿幽寂誰來顧

夜直省中

河漢有秋意南宮生早凉玉漏殊杳杳雲闕更蒼蒼華燈發新燄（一作爐）輕煙浮夕香顧迹知爲忝束帶愧周行

郡內閒居

劉須溪曰句〻實狀

棲息絕塵侶孱鈍得自怡腰懸竹使符心與（一作如）盧山緇永日一酣寢起坐兀無思長廊獨看雨衆藥發幽姿今夕已云罷明晨復如斯何事能爲累寵辱豈要辭

燕居卽事

蕭條竹林院風雨叢蘭折幽鳥林上啼青苔人跡絕燕居日已永夏木紛成結几閣積羣書時來北窻閱

桂天祥曰身世俱幻情景兩忘
劉須溪曰古調本色微雨一聯似亦以癡得之也

幽居

貴賤雖異等，出門皆有營。獨無外物牽，碩云說得透遂此幽居情。微雨夜來過，碩云好不知春草生。鍾云胸中純化青山忽已曙，鳥雀繞舍鳴。時與道人偶，或隨樵者行。自當安蹇劣，一作拙誰謂薄世榮。碩云不炫

野居書情

世事日可見，身名良蹉跎。尚瞻白雲嶺，聊作負薪歌。

郊居言志

負暄衡門下，望雲歸遠山。但要樽中物，餘事豈相關。交無是非責，且得任疎頑。日夕臨清澗，逍遥思慮閑。出去唯空屋，弊簀委窻間。何異林棲鳥，戀此復來還。世榮斯獨已，頹志（一作思）亦何攀。唯當歲豐熟，閭里一歡顔。

夏景端居即事

北齋有凉氣，嘉樹對層城。重門永日掩，清池夏

雲生遇此庭訟簡始聞蟬初鳴逾懷故園愴默
默以緘情

始至郡

湓城古雄郡（一作鎮）橫江千里池高樹上迢遞峻堞繞
欹危井邑煙火晚郊原草樹滋洪流蕩（一作灣）北阯崇
嶺鬱南圻斯民本樂生逃逝竟何爲旱歲屬荒
歉舊逋積如坻到郡方逾月終朝理亂絲賓朋
未及讌簡牘已云疲昔賢播高風得守愧無施

豈待干戈戢且顧撫俘嫠

郡中西齋

似與塵境一作世絶蕭條齋舍秋寒花獨經雨山禽時到州清觴養眞氣玉書示道流豈將符守戀幸以棲心幽

新理西齋

方將吐訟理久翳西齋居草木無行次閒暇一芟除春陽土脉起膏澤發生初養條刋朽枿護

藥鋤穢（一作荒）蕪稍稍覺林聳歷歷忻竹疎始見庭宇曠頓令煩抱舒茲焉即可愛何必是吾廬

曉坐西齋

鼕鼕城鼓動稍稍林鴉去柳意不勝春巖光已知曙寢齋有單絺（一作茅）靈藥爲朝茹盥漱忻景淸焚香澄神慮公門自常事道心寧易處（一作異）

郡齋卧疾絶句

香爐宿火滅蘭燈宵影微秋齋獨卧病誰與覆

鍾伯敬曰真人真事真話

寒衣。

寓居永定精舍 蘇州

政拙忻罷守。閑居初理生。家貧何由往。夢想在京城。野寺霜露月。農興羇旅情。聊租二頃田。方課子弟耕。眼暗文字廢。身閑道心精。即與人羣遠。豈謂是非嬰。

永定寺喜辟強夜至

子有新歲慶。獨此苦寒歸。夜叩竹林寺。山行雪

◎

滿衣。深鑪正燃火。空齋共掩扉。還將一樽對。無言百事違。

野居

結髮屢辭秩。立身本疎慢。今得罷守歸。幸無世欲患。棲止且偏僻。嬉遊無早晏。逐兎上坡岡。捕魚緣赤澗。高歌意氣在。貰酒貧居慣。時啟北窻扉。豈將文墨間。

同褒子秋齋獨宿

顧東橋云詣未甚工而調古

山月皦如燭風霜時動竹夜半鳥驚栖窻間人獨宿

餌黃精

靈藥出西山服食採其根九蒸換凡骨經著上世言候火起中夜馨香滿南軒齋居感眾靈藥術啟妙門自懷物外心豈與俗士論終期脱印綬永與天壤存

昭國里第聽元老師彈琴

竹林高宇霜露清朱絲玉徽多故情暗識啼烏與別鶴秖緣中有斷腸聲

野次聽元昌奏橫笛

立馬蓮塘吹橫笛微風動柳生水波北人聽罷淚將落南朝曲中怨更多

樓中閲清管

山陽遺韻在林端橫吹驚嚮迴憑高閣曲怨繞秋城淅瀝危葉振蕭瑟涼氣生始遇茲管賞已

懷故園情。

寒食

晴明寒食好。春園百卉開。綵繩拂花去。輕毬度閣來。長歌送落日。緩吹逐殘杯。非關無燭罷。良爲羇思催。

七夕

人世拘形迹。別去間山川。豈意靈仙偶。相望亦彌年。夕衣清露濕。晨駕秋風前。臨懽定不住。當

劉須溪曰可悲傷世與余同患

劉須溪曰何必過索洞見本懷

爲何所牽。

九日

今朝把酒復惆悵。憶在杜陵田舍時。明年九日知何處。世難還家未有期。

秋夜

暗窗涼葉動。秋（一作齊）天寢席單。憂人半夜起。明月在林端。一與淸景遇。每憶平生歡。如何方惻愴。披衣露（一作轉）更寒。

秋夜一絶

高閣漸凝露。凉葉稍飄闈。憶在南宮直。夜長鐘漏稀。

滁城對雪

晨起滿闈雪。憶朝閶闔時。玉座分曙早。金爐上煙遲。飄散雲臺下。凌亂桂樹姿。厠跡鵷鷺末。蹈舞豐年期。今朝覆山郡。寂寞復何爲。

雪中

空堂歲已晏。客室獨安眠。壓篠夜偏積。覆閣曉逾妍。連山暗古郡。驚風散一川。此時騎馬出。忽憶京華年。

詠春雪

徘徊輕雪意。似惜艷陽時。不悟風花冷。翻令梅柳遲。

對春雪

蕭屑杉松聲。寂寥寒夜慮。州貧人吏稀。雪滿山

顧東橋曰此篇細瑣可意

城曙春塘看幽谷栖禽愁未去開閘正亂流寧辨花枝處

對殘燈

獨照碧窻久欲隨寒燼滅幽人將遽眠解帶翻成結

楊用修曰梁沈氏滿願詩殘燈猶未滅將盡更揚輝惟餘一兩焰猶得解羅衣此詩實出于沈然韋有幽意而沈淫矣

對芳樽

對芳樽醉來百事何足論遥見青山始一醒欲著接䍦還復昏

夜對流螢作

月暗竹亭幽。螢光拂席流。還思故園夜。更度一年秋。自恠觀書輿。何慚秉燭遊。府中徒冉冉。明發好歸休。

對新篁

新緑苞初解。嫩氣筍猶香。含露漸舒葉。抽叢稍自長。淸晨止亭下。獨愛此幽篁。

夏花明

夏條綠已密。朱萼綴明鮮。炎炎日正午。灼灼火俱燃。翻風適自亂。照水復成妍。歸視窻間字。熒煌滿眼前。

對萱草

何人樹萱草。對此郡齋幽。本是忘憂物。今夕（一作日）重生憂。叢疎露始滴。芳餘蝶尚留。還思杜陵圃。離披風雨秋。

見紫荆花

雜英紛已積。含芳獨暮春。還如故園樹。忽憶故園人。

翫螢火

時節變衰草。物色近新秋。度月影纔斂。繞竹光復流。

對雜花

朝紅爭景新。（一作鮮）夕素含露翻。妍姿如有意。流芳復滿園。單棲守遠郡。永日掩重門。不與花爲偶。終

鍾伯敬曰不改二語不獨言種植之法兼得其趣其理

譚友夏云有情有興在從茲始三字

遣與誰言。

種藥

好讀神農書。多識藥草名。持縑購山客。移蒔羅衆英。不改幽澗色。宛如此地生。汲井旣蒙澤。插援亦扶傾。陰穎夕房斂。陽條夏花明。悅翫從茲始。日夕繞庭行。州民自寡訟。養閑非政成。

西澗種柳

宰邑乖所願。黽俛愧昔人。聊將休暇日。種柳西

譚友夏曰心口無飾

澗濱置鍤息微倦臨流睇歸雲封壤自人力生條在陽春（一作王春）成陰豈自取爲茂屬佗辰延詠留嘉賞山水變夕曛

種瓜

率性方鹵莽理生尤自疎今年學種瓜園圃多荒蕪衆草同雨露新苗獨翳如直以春捃迫過時不得鋤田家笑枉費日夕轉空虛信非吾儕事且讀古人書

喜園中茶生

潔性不可汚。爲餘滌塵煩。此物信靈味。本自出山原。聊因理郡餘。率爾植荒園。喜隨衆草長。得與幽人言。

移海榴

葉有苦寒色。山中霜霰多。雖此蒙陽景。移根意如何。

郡齋移杉

櫂榦方數尺。幽姿已蒼然。結根西山寺。來植郡齋前。新含野露氣。稍靜高窻眠。雖爲賞心遇。豈有巖中緣。

花徑

山花夾徑幽。古甃生苔澀。胡牀理事餘。玉琴承露濕。朝與詩人賞。夜携禪客入。自是塵外蹤。無令吏趨急。

慈恩寺南池秋荷詠

對殿含凉氣。裁規覆清沼。衰紅受露多。餘馥依人少。蕭蕭遠塵跡。颯颯凌秋曉。節謝客來稀。廻塘方獨遶。

題桐葉

參差剪緑綺。蕭洒覆瓊柯。憶在澧東寺。偏書此葉多。

題石橋

遠學臨海嶠。横此莓苔石。郡齋三四峯。如有靈

劉須溪曰此語自好但韋公躲出數字神情又別故貴知言不然不免為野入語矣好詩必是拾得此絕先得後半起更難似

仙跡一作山方愁暮雲滑始照寒池碧自與幽人期逍遥竟朝夕

池上

郡中臥病久池上一來賒榆柳飄枯葉風雨倒横查

滁州西澗 歐陽修云滁州城西乃是豐山無西澗獨城北有一澗水極淺不勝舟又江潮不到豈詩人務在佳句而實無此景耶

獨憐幽一作芳草澗邊生一作行上有黃鸝深樹鳴春潮帶雨晚來急野渡無人舟自横 謝枋得云此詩感時多故而作又何必滁之果如是也

故知作者用心

西塞山

勢從千里奔。直入江中斷。嵐橫秋塞雄。地束驚流滿。

山耕叟

蕭蕭垂白髮。默默詎知情。獨放寒林燒。多尋虎跡行。暮歸何處宿。來此空山耕。

上方僧

見月出東山。上方高處禪。空林無宿火。獨夜汲

寒泉不下藍溪寺今年三十年

煙際鐘

隱隱起何處迢迢送落暉蒼茫隨思遠蕭散逐煙微秋野寂云晦望山僧獨歸

始聞夏蟬

徂夏暑未晏蟬鳴景已曛一聽知何處高樹但侵雲響悲遇衰齒節謝屬離羣還憶郊園日獨向澗中聞

射雉

走馬上東岡朝日照野田野田雙雉起翻射斗廻鞭雖無百發中聊取一笑妍羽分繡臆碎頭弛錦鞘懸方將悅羈旅非關學少年弢弓一長嘯憶在灞城阡

夜聞獨鳥啼

失侶度山覓投林舍北啼今將獨夜意偏知對影栖

劉須溪曰更不須語言・桂天祥云有此不復言極苦歸思無着時更值夜雨聞雁誰能遣此懷抱

述園鹿

野性本難畜。翫習亦逾年。麑斑始力直。麚角已蒼然。仰首嚼園柳。俯身飲清泉。見人若閑暇。蹷起忽低騫。茲獸有高貌。凡類寧比肩。不得遊山澤。跼促誠可憐。

聞鴈

故園眇何處。歸思方悠哉。淮南秋雨夜。高齋聞鴈來。

顧東橋曰淒涼有味何湛之云此必悼亡後作次第可見

子規啼

高林滴露夏夜清南山子規啼一聲鄰家孀婦抱兒泣我獨展轉難爲情一作何時明

始建射侯

男子本懸弧有志在四方虎竹忝明命熊侯始張皇賓客跱事畢諸將備戎裝星飛的屢破鼓譟武更揚曾習鄒魯學亦陪鵷鷺翔一朝顧投筆世難激中腸

鵁鶄

可憐鵁鶄飛。飛向樹南枝。南枝日照暖。北枝霜露滋。露滋不堪棲。使我夜常啼。願逢雲中鶴。銜我向寥廓。願作城上烏。一年生九雛。何不舊巢住。枝弱不得一作若去。不意道苦辛。客子常畏人。

韋蘇州集卷之八終

韋蘇州集卷之九

歌行上

長安道

漢家宮殿含雲煙。兩宮十里相連延。晨霞出沒弄丹闕。春雨依微自甘泉。春雨依微春尚早。長安貴遊愛芳草。寶馬橫來下建章。香車却轉避馳道。貴遊誰最貴。衛霍世難比。何能蒙主恩。幸遇邊塵起。歸來甲第拱。皇居朱門峩。峩臨九衢

顧東橋曰蘇州尚古效能為樂府遺音

中有流蘇合歡之寶帳一百二十鳳凰羅列含明珠下有錦鋪翠被之燦爛博山吐香五雲散麗人綺閣情飄飄頭上鴛鴦雙翠翹低鬟曳袖迴春雪聚黛一聲愁碧霄山珍海錯棄藩籬烹犢炰羔如折葵既請列侯封部曲還將金印授廬兒歡榮若此何所苦但苦白日西南馳

行路難

荊山之白玉兮良工琱琢雙環連月蝕中央鏡

劉須溪曰知是怨意
顧東橋曰聲〻樂府

心穿故人贈妾初相結恩在環中尋不絕人情厚薄苦須臾昔似連環今似玦連環可碎不可離如何物在人自移上客勿遽歡聽妾歌路難傍人見環環可憐不知中有長恨端

橫塘行

妾家住橫塘夫壻郗家郎玉盤的歷矢白魚湘簟玲瓏透象牀象牀可寢魚可食不知郎意何南北岸上種蓮豈得生池中種槿豈得成丈夫

顧云語好

一去花落樹，妾獨夜長心未平。

貴遊行

漢帝外家子，恩澤少封侯。垂楊拂白馬，曉日上青樓。上有顏如玉，高情（一作非）世無儔。輕裾含碧煙，窈窕似雲浮。良時無還景，促節爲我謳。忽聞豔陽曲，四坐亦已柔。賓友仰稱嘆，一生何所求。平明擊鐘食，入夜樂未休。風雨慘歲候，兵戈橫九州。焉知坐上客，草草心所憂。

◎

酒肆行

豪家沽酒長安陌一旦起樓高百尺碧疏玲瓏含春風銀題彩幟邀上客迴瞻丹鳳闕直視樂遊苑四方稱賞名已高五陵車馬無近遠晴景悠揚三月天桃花飄俎柳垂筵繁絲急管一時合他壚鄰肆何寂然主人無厭且專利百斛須臾一壺費(一作濃)初醲後薄爲大偷飲者知名不知味深門潛醞客來稀終歲醇醲味不移長安酒徒

劉須溪曰：極看俠意。
桂天祥曰：猶酣新豐酒便俠，尚帶灞陵雨何故有如此雋。

空擾擾路旁過去那得知。

相逢行

二十登漢朝英聲邁今古適從東方來又欲謁明主猶酣新豐酒尚帶灞陵雨邂逅兩相逢別來問寒暑寧知白日晚暫向花間語忽聞長樂鐘走馬東西去

烏引雛

日出照東城春烏鵶鵶雛和鳴鵶和鳴羽猶短

巢在深林春正寒。引飛欲集東城暖。羣鴉離褷
睥睨高。舉翅不及墜蓬蒿。雄雌來去飛又引。音
聲下上懼鷹隼。引鶵烏爾心急急將何如。何得
比日搜索雀卵噉爾鶵。

鳶奪巢

野鵲野鵲巢林梢。鴟鳶恃力奪鵲巢。吞鵲之肝
啄鵲腦。竊食偷居常自保。鳳凰五色百鳥尊。知
鳶爲害何不言。霜鸇野鶻得殘肉。同啄羶腥不

青遂可憐百鳥生縱横雖有深林何處宿

燕銜泥

銜泥燕聲嘍嘍尾涎涎秋去何所歸春來復相見豈不解决絶高飛碧雲裏何爲地上銜泥滓銜泥雖賤意有營杏梁朝日巢欲成不見百鳥畏人林野宿翻遭網羅俎其肉未若銜泥入華屋燕銜泥百鳥之智莫與齊

鞞鼓行

淮海生雲暮慘澹。廣陵城頭鼙鼓曉。寒聲坎坎風動邊。忽似孤城萬里絕。四望無人煙。又如虜騎截遼水。胡馬不食仰朔天。座中亦有燕趙士。聞鼙不語客心死。何況鰥孤火絕無晨炊。獨婦夜泣官有期。

古劍行

千年土中兩刃鐵。土蝕不入金星滅。沉沉青脊鱗甲滿。蛟龍無足蛇尾斷。忽欲動。中有靈。豪士

得之敵國寶仇家舉意半夜鳴小兒女子不可近龍蛇變化此中隱夏雲奔走雷闐闐恐成霹靂飛上天

金谷園歌

石氏滅金谷園中水流絶當時豪右爭驕侈錦爲步障四十里東風吹花雪滿川紫氣凝閣朝景妍洛陽陌上人迴首絲竹飄飖入青天晉武平吳恣懽燕餘風靡靡朝廷變嗣世衰微誰肯

憂二十四友日日空追遊追遊詎可足共惜年華促禍端一發埋恨長百草無情春自綠

温泉行

出身天寶今年幾頑鈍如鎚（一作錘）命如紙作官不了却來歸還是杜陵一男子北風慘慘投温泉忽憶先皇遊幸年身騎廐馬引天仗直入華清列御前玉林瑤雪满寒山上昇玄閣遊絳煙平明羽衛朝萬國車馬合沓溢四鄽蒙恩每浴華池

水扈獵不蹂渭北田朝廷無事共權燕美人絲管從九天一朝鑄鼎降龍馭小臣髯絕不得去今來蕭瑟（一作瑟）萬井空唯見蒼山起煙霧可憐噌蹬失風波仰天大叫無奈何弊裘羸馬凍欲死賴遇主人杯酒多

學仙

昔有道士求神仙靈眞下試心確然千鈞巨石一髮懸臥之石下十三年存道忘身一試過名

奏玉皇乃升天。雲氣冉冉漸不見。留與弟子但
精堅。
石上鑿井欲到水。惰心一起中路止。豈不見古
來三人俱弟兄。結茅深山讀仙經。上有青冥倚
天之絕壁。下有颼飀萬壑之松聲。仙人變化爲
白鹿。二弟翫之兄誦讀。讀多七過可乞言。爲子
心精得神仙。可憐二弟仰天泣。一失毫釐千萬
年。

廣陵行

雄藩鎮楚郊地勢鬱岧嶤雙旌擁萬戟中有霍嫖姚海雲助兵氣寶貨益軍饒嚴城動寒角曉騎踏霜橋翕習英豪集振奮士卒驍列郡何足數趨拜等卑寮日晏方云罷人逸馬蕭蕭忽如京洛間遊子風塵飄歸來視寶劍功名豈一朝

蕚緑華歌

有一人兮昇紫霞書名玉牒兮蕚緑華仙容矯

嬌兮雜瑤珮。輕衣垂垂兮蒙絳紗。雲雨愁思兮望淮海。鼓角蕭條兮駕龍車。世溷濁兮不可降。胡不來兮玉斧家。

王母歌

衆仙翼神母。羽蓋隨雷起。上遊玄極杳冥中。下看東海一杯水。海畔種桃經幾時。千年開花千年子。玉顏眇眇何處尋。世上茫茫人自死。

馬明生遇神女歌

學仙貴功亦貴精神女變化感馬生石壁千尋
敞雙檢中有玉堂鋪（一作排）玉簟立之一隅不與言玉
體安隱三日眠馬生一立心轉堅知其丹白蒙
哀憐安期先生來起居請示金鐺玉珮天皇書
神女呵責不合見仙子謝過手足戰大瓜玄棗
冷如冰海上摘來朝霞凝賜仙復坐對食訖頷
之使去隨煙升（一作使隨玄煙升）乃言馬生合不死少姑教勅令
付爾安期再拜將生出一授素書天地畢

石鼓歌

周宣大獵兮岐之陽。刻石表功兮煒煌煌。石如鼓形數止十。風雨缺訛苔蘚澀。今人濡紙脫其文。既擊既掃白黑分。忽開滿卷不可識。驚潛動蟄走云云。喘急逶迤相糾錯。乃是宣王之臣史籀作。一書遺此天地間。精意長存世冥寞。秦家祖龍還刻石。碣石之罘李斯跡。世人好古猶法傳持來比此殊懸隔。

寶觀主白鸜鵒歌

鸜鵒鴝鵒衆皆如漆。爾獨如玉。鸜之鵒之。衆皆蓬蒿下。爾自三山來。三山處子下人間。綽約不粧氷雪顏。仙鳥隨飛來掌上。來掌上時拂拭人心鳥意自無猜。玉指霜毛本同色。有時一去凌蒼蒼。朝遊汗漫暮玉堂。巫峽雨中飛暫濕。杏花林裏過來香。日夕依人全羽翼。空欲銜環非報德。豈不及阿母之家青鳥兒。漢宮來往傳消息。

彈棊歌

圓天方地局。二十四氣子。劉生絕藝難對曹。客爲歌其能。請從中央起。中央轉鬬破欲闌。零落勢背誰能彈。此中舉一得六七。旋風忽散霹靂疾。履機乘變安可當。置之死地翻取強。不見短兵反掌收已盡。唯有猛士守四方。四方又何難。橫擊上緣邊。豈如昆明與碣石。一箭飛中隔遠天。神安志愜動十全。滿堂驚視誰得然。

韋蘇州集卷之九終

劉須溪曰望而知為本色人也
桂天祥曰觀太白新鶯百轉便覺韋詩頗靦
顧東橋曰形容好

韋蘇州集卷之十

歌行下

聽鶯曲

東方欲曙花冥冥啼鶯相喚亦可聽乍去乍來時近遠（顧云風流）纔聞南陌又東城忽似上林翻下苑綿綿蠻蠻如有情欲囀不囀意自嬌羌兒弄笛曲未調前聲後聲不相及秦女學箏指猶澀須臾風暖朝日暾流音變作百鳥喧誰家懶婦驚殘

夢。何處愁人憶故園。伯勞飛過聲踘促。戴勝下時桑田綠。不及流鶯日日啼花間。能使萬家春意閑。有時斷續聽不了。飛去花枝猶裊裊。還棲碧樹鏁千門。春漏方殘一聲曉。

白沙亭逢吳叟歌

龍池宮裏上皇時。羅衫寶帶香風吹。滿朝豪士今已盡。欲話舊遊人不知。白沙亭上逢吳叟。愛客脱衣且沽酒。問之執戟亦先朝。零落艱難却

負樵。親觀文物蒙雨露。見我昔年侍丹霄冬狩

春祠無一事。歡遊洽宴多頒賜甞陪夕月竹宫

齋。每返温泉灞陵醉。星歲再周十二辰。爾來不

語今爲君盛時忽去良可恨。一生坎壈可足云。

送褚校書歸舊山歌

握珠不返泉匣玉不歸山。明皇重士亦如此忽

恠褚生何得還。方稱羽獵賦。未拜蘭臺職。漢箧

亡書已暗傳。嵩丘遺簡還能識。朝朝待詔青鏁

闉中有萬年之樹蓬萊池世人仰望棲此地生獨徘徊意何爲故山可徃薇可採一自人間星歲改藏書壁中苔半侵洗藥泉中月還在春風飲餞灞陵原莫厭歸來朝市喧不見東方朔避世從容金馬門

五絃行

美人爲我彈五絃塵埃忽靜心悄然古刀幽磬初相觸千珠貫斷落寒玉中曲又不喧徘徊夜

長月當軒。如伴風流縈艷雪。更逐落花飄御園。獨鳳寥寥有時隱。碧霄來下聽還近。燕姬有恨楚客愁。言之不盡聲能盡。末曲感我情。解幽釋結和樂生。壯士有仇未得報。拔劍欲去憤已平。夜寒酒多愁遽明。

驪山行

君不見開元至化垂衣裳。厭坐明堂朝萬方。訪道靈山降聖祖。沐浴華池集百祥。千乘萬騎被

原野雲霞草木相輝光禁仗圍山曉霜切離宮
積翠夜漏長玉階寂歷朝無事碧樹萎蕤寒更
芳三清小鳥傳仙語九華真人奉瓊漿下元昧
爽漏恒秩登山朝禮玄元室翠華稍隱天半雲
丹閣（一作編）光明海中日羽旗旄節憩瑶臺清絲妙管
從空來萬井九衢皆仰望彩雲白鶴方徘徊憑
高覽（或作一望）古嗟寰宇造化茫茫思悠哉秦川八水長
繚繞漢氏五陵空崔嵬乃言聖祖奉丹經以年

爲日億萬齡蒼生感壽陰陽泰高謝前王出塵外英雄共理天下晏戎夷讋伏兵無戰時豐賦斂未告勞海潤珍奇亦來獻干戈一起文武乖歡娛已極人事變聖皇弓劒墜幽泉古木蒼山閉宮殿纘承鴻業聖明君威震六合驅妖氛太平遊幸今可待湯泉嵐嶺還氛氳

漢武帝雜歌

漢武好神仙黃金作臺與天近王母摘桃海上

還感之西過聊問訊欲來不來夜未央殿前青
鳥先廻翔緑鬢縈雲裾曳霧雙節飄颻下仙歩
白日分明到世間碧空何處來時路玉盤捧桃
將獻君踟躕未去留彩雲海水桑田幾翻覆中
間此桃四五熟可憐穆滿瑶池燕正值花開不
得薦花開子熟安可期邂逅能當漢武時顔如
芳華潔如玉心念我皇多嗜欲雖留桃核桃有
靈人間糞土種不生由來在道（一作德）豈在藥徒勞方

士海上行。掩扇一言相謝去。如煙非煙不知處。金莖孤峙兮凌紫煙。漢宮美人望杳然。通天臺上月初出。承露盤中珠正圓。珠可飲。壽可永。武皇南面曙欲分。從空下來玉杯冷。世間綠翠亦作囊。八月一日仙人方。仙方稱上藥。静者服之常綽約。柏梁沈飲自傷神。猶聞駐顏七十春。乃知甘醲皆是腐腸物。獨有淡薄之水能益人。千載金盤竟何處。當時鑄金恐不固。蔓草生來春復秋。碧天何言空墜露。
漢天子觀風自南國。浮舟大江屹不前。蛟龍索
鬬風波黑。春秋方壯雄武才。彎弧叱浪連山開。
愕然觀者千萬衆。舉麾齊呼一矢中。死蛟浮出
不復靈。舳艫千里江水清。鼓鼙餘響數日在。天
吳深入魚鱉驚。左有佽飛落霜翮。右有孤兒貫
犀革。何爲臨深親射蛟。示威以奪諸侯魄。威可
畏皇可尊。平田校獵書猶陳。此日從臣何不言。

獨有威聲振千古。君不見後嗣尊爲武。

椶櫚蠅拂歌

椶櫚爲拂登君席。青蠅（一作涼）掩亂飛四壁。文如輕羅散如髮。馬尾氂毛不能絜。柄出湘江之竹碧玉寒。上有纖羅縈縷尋未絕。左揮右洒繁暑清。孤松一枝風有聲。麗人紈素可憐色。安能點白還爲黑。

信州録事參軍常曾古鼎歌

三年斛一郡。獨飲寒泉井。江南鑄器多鑄銀。罷官無物唯古鬲。彫螭（一作[illegible]）刻篆相錯蟠。地中歲久青苔寒。左對蒼山右流水。云有古來葛仙子。葛仙埋之何不還。耕者鎗然得其間。持示世人不知寶。勸君鍊丹求壽考。

夏冰歌

出自玄泉杳杳之深井。汲在朱明赫赫之炎辰。九天含露未銷鑠。閶闔初開賜貴人。碎如墜瓊方截璐粉壁生寒象筵布玉壺紈扇亦玲瓏座有麗人色俱素咫尺炎涼變四時出門焦灼君詎知肥羊甘醴心悶悶飲此瑩然何所思當念闌干鑿者苦臘月深井汗如雨

凌霧行

秋城海霧重職事凌晨出浩浩合元天溶溶迷朗一作曉日纔看含鬢白稍視一作似霑衣密道騎全不分郊樹都如失霏微誤噓吸膚腠生寒慄歸當飲一

楊用修曰此與荅徐秀才五絃行俱用艷雪字而不厭其複也或問予雪可言艷乎予曰洛神以流風迴雪比美人之飄颻雪固自有艷也然雪之艷非韋不能道柳花之香非李不能道竹之香非子美不能道也

杯。庶用蠲斯疾。

樂燕行

良辰且燕樂。樂往不再來。趙瑟正高張。音響清塵埃。一彈和妙謳。吹去繞瑶臺。艷雪凌空散。舞羅起徘徊。輝輝發衆顏。灼灼嘆令才。當喧既無寂。中飲亦停杯。華燈何遽升。馳景忽西頹。高節亦云立。安能滯不迴。

采玉行

官府徵白丁。言采藍谿玉。絶嶺夜無家。深榛雨
中宿。獨婦餉糧還。哀哀舍南哭。一作田荒舍南哭

難言

掬土移山望山盡一作遷投石填海望海滿。持索捕風
幾時得。將刀斫水幾時斷。未若不相知中心萬
仞何由欵。

易言

洪鑪爇炭燎一毛。大鼎炊湯沃殘雪。疾影隨形

不覺至。千鈞引縷不知絕。未若同心言。一言和同解千結。

調嘯詞

胡馬胡馬。遠放燕支山下。跑沙跑雪獨嘶。東望西望路迷。路迷路迷路迷。路邊草無窮日暮。河漢河漢。曉挂秋城漫漫。愁人起望相思。江南塞北別離。離別離別離別。離別。河漢雖同路絕。

三臺詞

一年一年老去。明日後日花開。未報長安平定。萬國豈得銜盃。

冰泮寒塘始綠。雨餘百草皆生。朝來門閤無事。晚下高齋有情。

韋蘇州集卷之十終

韋蘇州集拾遺目録

韋蘇州集拾遺

答暢參軍

秉筆振芳步少年且吏遊官閑高興生夜直河漢秋念與清賞遇方抱沈疾憂嘉言忽見贈良藥同所瘳高樹起栖鴉晨鐘滿皇州凄清露華動曠朗景氣浮偶宦心非累處喧道自幽空虛爲世薄子獨意綢繆

南池宴餞子辛賦得科斗

臨池見科斗。美爾樂有餘。不憂網與鉤。幸得免爲魚。且願克文字。登君尺素書。

詠徐正字畫青蠅

誤點能成物。迷眞許一時。筆端來已久。座上去何遲。顧白曾無變。聽雞不復疑。詎勞才子賞。爲入國人詩。

虞獲子鹿并序

虞獲子鹿。憫園鹿也。遭虞之機張。見畜於人。不

◎

得遂其天性焉。

虞獲子鹿，畜之城陬。園有美草，池有清流。但見蹶蹶，亦聞呦呦。誰知其思巖谷云遊。

陪王郎中尋孔徵君

俗吏閑居少，同人會面難。偶隨香署客，來訪竹林歡。暮館花微落，春城雨暫寒。甕間聊共酌，莫使宦情闌。

送宮人入道

捨寵求仙畏色衰。辭天素面立天墀。金丹擬駐千年貌。寶鏡休勻八字眉。公主與收珠翠後。君王看戴角冠時。從來宮女皆相妬。說着瑶臺總淚垂。

和晉陵陸丞早春遊望

獨有宦遊人。偏驚物候新。雲霞出海曙。梅柳度江春。淑氣催黃雀。晴光照綠蘋。忽聞歌苦調。歸思欲沾巾。

九日

一爲吳郡守。不覺菊花開。始有故園思。且喜衆賓來。

韋蘇州集

總論

白樂天曰韋蘇州歌行才丽之外頗近興諷其五言尤高雅閒澹自成一家之體

司空圖曰右丞蘇州趣味澄夐若清沇之貫達又曰王右丞韋蘇州澄澹精緻格在其中豈妨於道樂哉

敖陶孫曰韋蘇州如園客獨繭暗合音徽

劉須溪云韋應物居宮自愧悶悶有卹人之意其詩如深山採藥飲泉坐石日晏忘歸又曰韋詩潤者如石

葛常之曰韋應物詩平平處甚多至于五言句則超然出于畦徑之外

徐師川云自李杜以來古人詩法盡廢惟蘇州有六朝風致最爲流麗

葛蘩云其爲文峻潔幽深詞意蕳遠指事言情

格力閒暇下可以陵顔謝而上可以薄風騷擺去陳言濃纖合度而自成一家

西清詩話云韋蘇州如渾金璞玉不假雕琢成妍唐人有不能到至其過處大以村寺高僧奈時有野態

宋潛溪曰韋應物祖襲靈運能一寄濃纖于蕭澹之中淵明以來一人而已

李東陽曰陶詩質厚近古愈讀而愈見其妙韋

應物稍失之平易柳子厚則過于精刻世
稱陶韋又稱韋柳特槩言之惟謂學陶者
須自韋柳而入乃爲正耳
何良俊曰韋左司性清曹遠最近風雅其活澹
之趣亦不減陶靖節唐人中五言有陶何
遺韻者獨左司一人
王元美曰韋左司平澹和雅爲元和之冠又曰
左司今朝郡齊冷是唐選佳境倪雲林詩

法云韋蘇州思致清遠能道小喫烟火食語

桂天祥云韋蘇州古詩冲雅極高律詩閒澹然不古矣

鍾惺云韋蘇州等詩胸中腕中皆先有一段眞至深永之趣落筆自然清妙非專以淺澹擬陶者世人誤認陶詩作淺澹所以不知韋詩也

譚元春云總是淸淸一字要有來歷不讀書不深思人假借不得